Monster und Meer

Erzählt von Ulf Blanck und Boris Pfeiffer

Mit Illustrationen von Kim Schmidt und

Harald Juch

KOSMOS

BOB ANDREWS
Alter:
10 Jahre
Wohnort:
Rocky Beach
Kennzeichen:
rotes Fragezeichen
Aufgaben:
Recherchen und Archiv
Hobbys:
Bücher lesen,
schreiben, Kino
Die Kaffeekanne,
das geheime Versteck der drei ???
???
Dieses Buch gehört:

Die drei ??? *Kids*
Monster und Meer

Monster-Wolken

Erzählt von Boris Pfeiffer

Mit Illustrationen von Kim Schmidt

Die drei ??? *Kids*
Monster-Wolken

Himmelsstürmer

Es war ein klarer Frühlingstag, und das weite Rund über dem Ozean schimmerte in tiefem Blau. Am Hafen von Rocky Beach hatte sich eine große Menschenmenge versammelt, um einem erstaunlichen Ereignis beizuwohnen. Auch die drei ??? waren dabei und blickten mit leuchtenden Augen in den Himmel über Rocky Beach.

»Freunde!« Bob Andrews reckte den Hals und zeigte hoch über seinen Kopf, wo ein kleines, rotes Propellerflugzeug knatternd seine Kreise zog. »Colonel Edwards wird bestimmt gleich loslegen. Ich kann es kaum erwarten. Jedes Mal, wenn er das macht, wirkt es wie ein Wunder.«

»Ja«, nickte Peter Shaw begeistert. »Wenn seine alte Cessna nur nicht so fürchterlich knattern und spucken würde, dass man sie noch kilometerweit hört, wäre das, was er da am Himmel fabriziert, wirklich wie eine Geisterschrift.«

Justus Jonas, der Anführer der drei ???, grinste.

»Du meinst also, Geister müssten lautlos sein? Sie können doch auch jaulen und heulen.«

»Klar, Just. Aber das hier klingt wie eine elektrische Schreibmaschine mit Keuchhusten«, sagte Peter kopfschüttelnd.

Die drei ??? lachten. »*Geisterschrift* ist eine gute Beschreibung für das, was wir gleich sehen werden«, meinte Bob. »So muss es den ersten Menschen, die das Werk eines Himmelsschreibers gesehen haben, auch vorgekommen sein. Stellt euch das mal vor: Man blickt in den Himmel, und plötzlich erscheinen dort wie von Geisterhand riesige Buchstaben.«

»Ich habe gelesen«, sagte Peter, »dass die ersten Leute, die einen Himmelsschreiber erlebt haben, tatsächlich dachten, es würde sich um Außerirdische handeln, die eine Botschaft hinterlassen. Ein paar Menschen sollen damals sogar vor Ehrfurcht auf die Knie gesunken sein. Dabei war es nur ein Werbetext, den jemand in den Himmel geschrieben hat.«

Justus schüttelte den Kopf. »Seltsam«, murmelte er, »ich würde mich immer sofort fragen, wie es logisch möglich ist, riesige Buchstaben am Himmel zu sehen. Und ich käme nie auf den Gedanken, dass es sich dabei um das Werk von Geistern handeln könnte.«

»Es geht los!«, unterbrach ihn Peter. Aufgeregt deutete er nach oben. Und wirklich begann die rote Cessna in diesem Augenblick, weiße Rauchwolken hinter sich herzuziehen.

»Das sieht toll aus!«, rief Bob. »Jede Wette, dass Colonel Edwards dieses Jahr dasselbe in den Himmel schreiben wird wie jedes Jahr.«

Peter nickte. »Natürlich! Und darauf freut sich ganz Rocky Beach doch schon seit Tagen: VVRB!«

»Und jeder, der hier lebt«, ergänzte Justus, »weiß genau, was das bedeutet.«

Bob lachte. »Klar! **VIV**A **R**OCKY **B**EACH. Es lebe Rocky Beach! Werbebotschaften am Himmel sind ja meistens Abkürzungen. Die sind schneller geschrieben. Eine der ersten war irgendeine Zigarettenwerbung. Die bestand auch nur aus vier großen Buchstaben. Aber die Leute wussten alle, was gemeint war. So wie wir bei VVRB.«

»Ja«, grinste Peter. »Nur, dass der Rauch da oben am Himmel nichts mit dem schädlichen Rauch zu tun hat, den man sich mit einer Zigarette in die Lunge saugt.«

»Stimmt!«, rief Justus. »Hier geht es um eine freundliche Grußbotschaft und nicht um Werbung für ein Produkt, das möglichst viele Leute kaufen sollen.«

Doch kaum hatte Justus das gesagt, geschah etwas, das die drei ??? vor Schreck erstarren ließ. Die rote Cessna hatte gerade angesetzt, das erste V in den Himmel zu schreiben. Da mischten sich plötzlich Feuer und schwarzer Rauch in die weiße Schrift. Bob schrie auf. »Brennt etwa der Motor? O Gott, Colonel Edwards wird doch nicht etwa abstürzen?!«

Justus starrte in den Himmel. Tatsächlich zog das kleine Flugzeug jetzt eine dichte Rauchwolke hinter sich her, die wie ein schwarzer Schleier den Himmel verdunkelte. »Nein«, stieß er dann erleichtert hervor. »Der Colonel fliegt weiter. Was da Rauch und Feuer spuckt, muss der Behälter sein, in den er seine Himmelstinte abgefüllt hat.«

»Himmelstinte?«, fragte Peter. »Du meinst das Zeug, mit dem er die Buchstaben in den Himmel schreibt?«

»Ja«, nickte Justus. »Ich glaube, das ist irgendein Ölgemisch. Vielleicht ist da etwas explodiert. Durch die Hitze des Motors oder so. Seltsam, Colonel Edwards macht diese Flüge doch schon seit Jahren. Und so etwas ist bisher noch nie passiert. Schade, dass wir seinen Himmelsgruß jetzt vor lauter Qualm nicht erkennen können. Aber wenigstens ist dem Piloten nichts passiert. Seht, er setzt zur Landung an.«

Mit großen Augen verfolgten die drei ??? den Flug der roten Cessna zwischen dem halb fertig geschriebenen V und den schwarzen Rauchschlieren. Das Kleinflugzeug kam langsam auf die Erde zu. Unter den Zuschauern war auch Kommissar Reynolds, der Hauptkommissar von Rocky Beach. Er versuchte, die aufgeregten Leute zu beruhigen. »Alles in Ordnung!«, rief er. »Der Colonel landet. Es droht keine Gefahr.«

»Wir müssen rüber zur Landebahn!«, rief Justus seinen Freunden zu und drängte sich durch die Menschenmenge. Schnell schwangen sich die drei ??? auf ihre Fahrräder. Dicht über ihnen flog die Cessna über das Hafengelände des Städtchens zur dahinterliegenden Landebahn.

»Ein Glück, er hat es geschafft!« Peter hob sich aus dem Sattel und trat die letzten Meter fest in die Pedale, dicht gefolgt von Justus und Bob. Vor ihnen setzte das rote Flugzeug auf und rollte dann langsam aus. Einen Augenblick später erscholl eine wütende Stimme: »So etwas ist mir noch nie passiert! So eine Schande! Ausgerechnet am wichtigsten Tag des Jahres!« Aus dem offenen Cockpit sprang ein Mann, der eine lederne Fliegermütze trug. Die Klappen der Mütze verdeckten seine Ohren, und über den Augen saß eine dicke blau getönte Fliegerbrille. Er sah aus wie ein riesiges Insekt.

»Colonel Edwards«, rief Justus. »Ist alles in Ordnung?«

»Nein, natürlich nicht!«, schimpfte der Mann. »Überhaupt nichts ist in Ordnung. Alles ist schiefgegangen. Wie kann denn so etwas passieren? Das Gemisch im Tank ist doch überhaupt nicht brennbar.« Der Pilot bückte sich und musterte den Behälter an der Seite seines Flugzeugs. »Es war plötzlich, als hätte jemand ein Streichholz an mein Flugzeug gehalten und es in Brand gesteckt.«

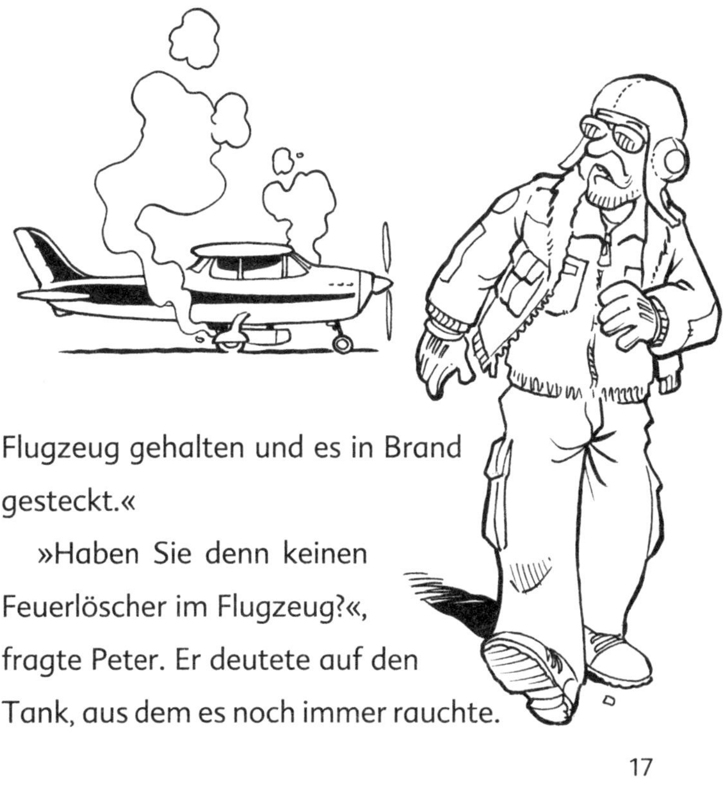

»Haben Sie denn keinen Feuerlöscher im Flugzeug?«, fragte Peter. Er deutete auf den Tank, aus dem es noch immer rauchte.

»Doch, natürlich.« Der Colonel griff hinter sich ins Cockpit, zog einen alten Feuerlöscher hervor und reichte ihn Peter. Dieser richtete die Düse auf den Tank und drückte. Dicker, weißer Schaum quoll hervor und löschte das Feuer. »So, das hätten wir.«

»Danke«, seufzte der alte Colonel und blickte dann nach oben zum Himmel. Dort stand noch immer das halb fertige V, das inzwischen wie ein verbogener Angelhaken aussah, der sich langsam auseinanderzog und dabei immer mehr verblasste. Drum herum waberte schwarzer Rauch, der in alle Richtungen davonzog.

»Es sieht aus, als hätte ein schwarzes Monster den weißen Buchstaben aufgefressen«, murmelte Bob.

»Ja«, sagte Peter. »Oder als würden da oben zwei Rauchgeister miteinander kämpfen. Und der böse Schwarze gewinnt.«

Rätselhafte Spuren

Justus trat auf den Colonel zu und versuchte, ihn zu beruhigen. »Es ist ja noch einmal gut gegangen. Das Wichtigste ist, dass Ihnen nichts passiert ist.«

Der Colonel schnaubte. »Gut gegangen, gut gegangen …« Er beugte sich aufgeregt zu seiner Maschine und deutete auf die Stelle, die Peter gerade gelöscht hatte. »Seht euch das an!« Tatsächlich klaffte mitten im Tank für die Himmelstinte ein breiter Riss. Die drei ??? besahen sich den Schaden. »Das sieht aus, als hätte jemand mit einem Schneidbrenner reingeschnitten. Aber dort oben in der Luft war ja niemand außer Ihnen.« Bob schüttelte ratlos den Kopf.

Der Colonel nickte. »Nichts und niemand kann im Flug mit einem Schneidbrenner hantieren. Völlig ausgeschlossen. Der Wind ist viel zu stark. Nein, der Tank ist aufgeplatzt, so, als wäre irgendetwas explodiert.«

»Explodiert?!« Justus trat noch näher an die

Maschine heran und besah sich den Tank aufmerksam von allen Seiten. Dann deutete er auf den Deckel, mit dem der Einfüllstutzen verschlossen war. »Füllt man da die Himmelstinte ein?«, fragte er. Der Colonel nickte. »Darf ich das mal öffnen?« Der Colonel nickte erneut. Justus griff nach dem Deckel und versuchte, ihn aufzudrehen. Zu seinem Erstaunen war der Schraubverschluss jedoch verkantet, und der Deckel saß fest. »Geht nicht auf«, ächzte er.

»Wie bitte?« Der Pilot schüttelte den Kopf. »Ich achte immer darauf, dass der Deckel fest sitzt. Und das tut er nur, wenn man ihn sauber aufdreht. Denn sonst ist er undicht, und mir spritzt die Himmelstinte beim Fliegen um die Ohren. Als Pilot muss man in allen Dingen sehr genau sein. Vor jedem Flug werden die Maschine und jedes bewegliche Teil genauestens kontrolliert.« Der Colonel griff nun selbst nach dem Verschluss. Doch im nächsten Moment bekam er einen hochroten Kopf. »Das Ding sitzt ja wirklich vollkommen fest. Was ist denn das? Ich habe den Tank doch eigenhändig zugeschraubt.«

»Was möglicherweise zu bezweifeln wäre«, murmelte Justus und sah Peter und Bob bedeutungsvoll an. »Sir«, sagte er dann, »könnte es sein, dass sich *nach* Ihnen noch jemand am Tankdeckel zu schaffen gemacht hat?«

Der Colonel schüttelte energisch den Kopf. »Auf keinen Fall! Die Cessna stand die ganze Nacht bei mir im Schuppen. Da kommt keiner rein. Und wen sollte es auch stören, wenn ich VIVA ROCKY BEACH in den Himmel schreibe? Die Leute freuen sich doch das ganze Jahr auf dieses Spektakel.« Er blickte einen Moment nachdenklich auf den Tank. »Nein, Jungs! Wisst ihr, was ich vermute? Das Öl-Paraffin-Gemisch, also die Himmelstinte, muss unsauber gewesen sein. Vielleicht war etwas darin, was sich entzündet hat.« Er deutete auf eine Metallleitung. »Seht ihr? Die Tinte wird aus dem Tank in diesen Kanal eingespritzt und erhitzt. Dabei verdampft das Gemisch zu dichtem, weißem

Rauch. Und falls etwas in der Tinte war, das sich in dem heißen Kanal entzündet hat, dann ist eine Explosion möglich. Und dadurch hat sich dann wohl auch der Deckel verbogen.«

»Das eine schließt das andere nicht aus«, sagte Justus und knetete nachdenklich seine Unterlippe. »Jemand hätte etwas in den Tank füllen können, was dort nicht hingehört.«

Doch der Colonel schüttelte wieder den Kopf. »Nein! Ich bin mir sicher: Mir will niemand etwas Böses. Ich fürchte, ich werde einfach alt und habe beim Mischen der Himmelstinte nicht aufgepasst. Ach!« Der Colonel kratzte sich am Kopf. »Ich bin selber schuld an dem, was geschehen ist. Zum Glück ist niemandem etwas passiert. Stellt euch vor, ich wäre in die Menschenmenge abgestürzt. Nicht auszudenken! Vielleicht sollte ich besser mit der Fliegerei aufhören?«

»Aber es wäre schrecklich, wenn nie wieder VVRB am Himmel stünde!«, rief Peter. »Bitte, Sie müssen es noch einmal schreiben.«

Doch der Colonel wandte sich ab. »Nein, jetzt werde ich erst mal mein Flugzeug reparieren und mich in die Ecke setzen und schämen. So einen Schlag vergisst man in meinem Alter nicht so schnell. Wenn ich eine Gefahr für die Menschen bin, dann ist Schluss mit dem Fliegen, das sage ich euch. Gebt bitte Kommissar Reynolds Bescheid, dass ich das Flugzeug später mit dem Hänger abhole. Jetzt muss ich erst mal in Ruhe über diesen Unfall nachdenken.« Die drei ??? sahen dem Colonel nach, wie er zu seinem Wagen ging. Seine Schultern waren gebeugt, und er schüttelte immer wieder verzweifelt den Kopf.

»Glaubt ihr wirklich, dass Colonel Edwards zu alt ist für seinen Beruf?« Bob sah seine Freunde fragend an.

»Er ist ein sehr erfahrener Flieger«, sagte Peter. »Aber ein Pilotenfehler scheint die einzig logische Erklärung für diesen Unfall zu sein.«

Doch Justus schüttelte den Kopf. »Nein, da sind mir zu viele Ungereimtheiten.«

»Und wie soll es dann passiert sein?«, wollte Peter wissen. »So ein Tank explodiert ja nicht von allein.«

Justus nickte. »Irgendetwas muss für eine Explosion gesorgt haben. Schließlich klafft ein Spalt im Tank, und der scheint von innen entstanden zu sein. Seht nur, die Bruchkanten weisen nach außen. Es ist also kein Meteorit oder Projektil in den Tank eingeschlagen.«

»Meteorit oder Projektil? Du meinst, jemand könnte auf den Tank geschossen haben?«

Justus sah Peter gelassen an. »Ich wüsste keine andere logische Erklärung, wenn das Loch anders

aussähe. Aber da der Riss von innen nach außen entstanden ist, hat die Explosion im Inneren stattgefunden. Und darum muss dieser Tank genauer untersucht werden! Freunde, wir holen Kommissar Reynolds und lassen die Cessna direkt von ihm zum Colonel bringen. Ich will nicht, dass das Flugzeug hier unbewacht stehen bleibt.«

Im alten Schuppen

Kommissar Reynolds staunte nicht schlecht, als er zu den drei ??? auf die Landebahn kam. »Weil ihr das Feuer so schnell gelöscht habt«, erklärte er den Freunden, »konnte sich die Feuerwehr von Rocky Beach ihren Einsatz sparen. Danke!«

Justus deutete auf die rote Cessna und bat den Kommissar um Hilfe. »Sir, könnten Sie die Maschine direkt in den Hangar des Colonels bringen? Es ist unklar, wie das Feuer entstanden ist, und das Flugobjekt sollte genauer untersucht werden. Das sieht ganz nach einem neuen Fall für die drei ??? aus.«

»Ihr denkt an Sabotage?« Kommissar Reynolds blickte die drei Detektive erschrocken an. »Aber das kann doch nicht sein. Ich meine, wenn man ein Flugzeug sabotiert, spielt man mit dem Leben des Piloten!«

»Dass sich der Tank entzündet hat, war wahrscheinlich nicht lebensgefährlich«, erklärte Justus. »Es hat nur dazu geführt, dass Colonel Edwards seine Jahresbotschaft nicht in den Himmel schreiben konnte. Aber irgendetwas scheint hier nicht mit rechten Dingen zuzugehen.«

Natürlich erklärte sich Kommissar Reynolds bereit, die drei Detektive zu unterstützen. Immerhin hatte er die drei ??? schon vor langer Zeit zu seiner geheimen Spezialeinheit ernannt, und die Jungen hatten ihm schon öfters bei besonders kniffeligen Fällen geholfen. Reynolds ließ also per Funk einen Abschleppwagen mit einem großen Hänger kommen. Die Cessna wurde darauf verladen. Dann fuhr der Kommissar persönlich das beschädigte Flugzeug zu Colonel Edwards' Farm. Die drei ??? durften ihre Räder ebenfalls auf den Hänger laden und im Führerhaus des Abschleppwagens mitfahren.

Die Farm des Piloten lag etwa zwei Meilen außerhalb von Rocky Beach und bot schon aus der Ferne einen außergewöhnlichen Anblick. Auf dem ganzen Gelände waren alte Flugzeuge verteilt, die munter vor sich hin rosteten. »Freunde«, grinste Peter, »das ist eine der verrücktesten Farmen in ganz Kalifornien. Es sieht so aus, als hätte jemand auf dem Feld Flieger angepflanzt.«

Bob und Justus lachten. »Der Colonel sammelt eben alte Maschinen«, fügte Bob dann hinzu. »Angeblich hat er jedes dieser Flugzeuge irgendwann einmal selbst geflogen. Aber jetzt sind die Maschinen natürlich nur noch Museumsstücke.«

»Ja, er lebt mit diesen alten Fliegern«, nickte der Kommissar. »Viele von ihnen haben mehr Jahre auf dem Buckel als er selbst. Aber sagt mal, könnte es nicht sein, dass der Colonel selbst ein alter Mann geworden ist und deswegen nicht mehr ganz flugsicher?« Fragend sah er die drei Detektive an.

»Alles ist möglich«, gab Justus zu. »Aber wie kommen Sie darauf, Sir?«

Der Kommissar zuckte die Schultern. »Jemand unter den Zuschauern hat das vorhin laut ausgerufen, als er sah, was passierte.«

»Wer denn?«, hakte Justus nach.

»Keine Ahnung. Ich habe nur die tiefe, dunkle Stimme gehört«, gab Reynolds zu. »Wenn dieser Vorwurf allerdings wahr ist, wäre es an der Zeit, dem Colonel seine Flugerlaubnis zu entziehen. Dann ist er nämlich eine Gefahr für die Allgemeinheit. Und das kann ich nicht zulassen, selbst wenn er jedes Jahr für einen der schönsten Momente in unserem Städtchen sorgt.«

Justus griff sich nachdenklich mit Daumen und Zeigefinger an die Unterlippe und begann, sie zu kneten. Das tat er immer, wenn ihm ein wichtiger Gedanke kam. »Das wissen wir natürlich, Sir«, sagte er dann. »Aber bevor es so weit kommt, würde ich Sie bitten, dass wir ein paar Ermittlungen durchführen dürfen. Man sollte niemals übereilt handeln.«

»Natürlich nicht.« Kommissar Reynolds lenkte den Wagen auf das Gelände der Farm. Durch ein breites Gatter fuhren sie zwischen den vielen alten Flugzeugen hindurch auf das Wohnhaus zu. Neben diesem stand ein großer Holzschuppen. Das war der Hangar des Colonels. Und dort fanden die drei ??? und der Kommissar den alten Piloten. Grübelnd stand er vor einigen Kanistern, in denen eine milchige Flüssigkeit schimmerte. Als die Jungen zusammen mit Reynolds eintraten,

entnahm der Colonel einem der Kanister gerade mit einem Löffel etwas Flüssigkeit, tröpfelte diese auf einen Stein vor sich und hielt dann ein Feuerzeug daran. Nichts geschah. Erleichtert atmete der Colonel auf.

»Guten Tag, Sir!«, rief Justus.

»Was? Wer?« Erschrocken sah der Colonel auf. Dann sagte er mit rauer Stimme: »Ach, ihr seid es.«

»Was machen Sie denn da?«, erkundigte sich der Kommissar.

»Das kann ich Ihnen sagen, Kommissar Reynolds«, erklärte Peter. »Der Colonel testet bestimmt, ob seine Himmelstinte wirklich nicht brennbar gewesen ist.«

Der alte Pilot nickte schwer. »Genau so ist es. Ich habe Angst, dass ich doch einen Fehler gemacht und die Mischung der Himmelstinte falsch angesetzt habe. Doch bisher hat keine der Tintenproben Feuer gefangen. Allerdings bin ich mit meinen Tests noch nicht fertig.«

Justus sah den alten Piloten an. »Damit ließe sich ausschließen, dass Sie einen Fehler begangen haben. Trotzdem bleibt die Frage, wie es passieren konnte, dass das Flugzeug plötzlich einen Feuerschweif hinter sich hergezogen hat.« Justus warf einen Blick auf die rote Cessna auf dem Hänger. »Ich schlage vor, die Maschine und insbesondere den Tank noch einmal genau zu untersuchen.«

Der Colonel nickte. »Ja, machen wir das.«

Mit vereinten Kräften zogen und schoben die drei ???, der Colonel und Kommissar Reynolds das Flugzeug vom Hänger in den alten Schuppen. Durch die Ritzen der großen Holzscheune fiel Sonnenlicht, in dem Staub tanzte. Vorsichtig baute Colonel Edwards den Tank für die Himmelstinte auseinander. »Nichts Ungewöhnliches zu sehen«, murmelte der alte Pilot, als der Behälter offen vor ihm lag.

»Und doch ist der Tank von innen aufgerissen!« Justus zeigte auf die scharfen Kanten, welche die Explosion gerissen hatte und die eindeutig nach außen wiesen.

»Ja«, nickte Peter. »Sieht ganz so aus, als wäre im Inneren des Tanks etwas explodiert. Aber was auch immer das war, davon ist keine Spur zu entdecken.«

Justus sah sich um. »Colonel Edwards, stand Ihre Cessna die letzten Tage vor dem Flug hier im Schuppen?«

Der Colonel nickte. »Ja, natürlich.«

»Das bedeutet also, wenn sich jemand an der Maschine zu schaffen gemacht hätte, müsste er es hier getan haben?«

Der Colonel schüttelte den Kopf. »Das kann ich

mir nicht vorstellen. Nein, meine Lieben, ich werde jetzt weiter meine Behälter mit der Himmelstinte testen. Und wenn Sie möchten, können Sie mir dabei helfen, Kommissar.« Reynolds nickte.

»Gut«, verkündete Justus. »Trotzdem sollten wir nicht völlig ausschließen, dass doch jemand im Schuppen war. Haben Sie etwas dagegen, wenn wir uns ein wenig umsehen?«

»Kein Problem«, sagte Edwards. »Aber macht euch keine falschen Hoffnungen. Ich schätze eure Hilfe sehr, aber ich fürchte, die Explosion war mein Fehler.«

Justus schwieg. Er sah dem Colonel nach, der wieder zu seinen Kanistern ging und diese zusammen mit dem Kommissar untersuchte. »Also, Freunde, an die Arbeit«, verkündete der Anführer der drei ??? dann leise. »Durchsuchen wir alles bis in den letzten Winkel. Möglicherweise hat sich jemand an der Maschine zu schaffen gemacht und dabei irgendeine Spur hinterlassen.«

Helfer in der Not?

Zentimeter für Zentimeter begannen die drei ???, den alten Schuppen zu durchsuchen. »Colonel Edwards ist wirklich ein ordentlicher Mann«, verkündete Peter bereits nach wenigen Minuten. »Hier ist alles sehr gut aufgeräumt und übersichtlich. Wenn es auf Onkel Titus' Schrottplatz genauso ordentlich wäre, müssten wir dort nie wieder aufräumen.«

Bei Onkel Titus' Schrottplatz handelte es sich um ein Gebrauchtwarencenter, das Justus' Onkel in Rocky Beach betrieb. Dort bot Titus Jonas das feil, was ihm brauchbar und interessant erschien. Und das konnte *alles* sein. »Es gibt *nichts*«, pflegte er zu sagen, »was die Menschen wegwerfen und was sich nicht noch von einem anderen Menschen für einen neuen Zweck verwenden lässt.«

Im Großen und Ganzen hatte Onkel Titus damit recht. Doch zu seinem Unglück und zum Unglück der drei ??? war sich Justus' Tante Mathilda in diesem Punkt nicht mit ihrem Mann einig. Sobald sie sah, dass sich einer der Gegenstände auf dem Schrottplatz länger als zwei Wochen an ein und derselben Stelle befand, verkündete sie, dass es an der Zeit sei, den Schrottplatz wieder einmal aufzuräumen. »Hier muss es sauber aussehen!«, rief sie dann. »Nur wenn die Kunden die Dinge so schön präsentiert sehen wie in einem Feinkostgeschäft, werden sie auf die Idee kommen, sie zu kaufen.« Und das bedeutete für die drei ??? viel Arbeit. Denn dann dirigierte Tante Mathilda sie wie Marionetten über den Platz, ließ sie die Bücher dorthin, die alten Waschmaschinen dahin, Autofelgen und Autoreifen auf die gegenüberliegende Seite und Krimskrams, alte Lampen, verrostete Hanteln, Zeltstangen, Schrankwände oder auch einmal 40 Kilo Bauzement munter herumschleppen. So lange, bis alles zu ihrer Zufriedenheit neu sortiert war. Das war eine Arbeit, welche die drei ??? überhaupt nicht liebten. Aber Tante Mathildas Ordnungswahn konnte man nicht entkommen.

Justus sah sich weiter aufmerksam im Schuppen des Colonels um. »Wenn alles ordentlich ist, dann muss man das Geheime im Ordentlichen finden.«

»Wie bitte?« Peter blickte seinen Freund kopfschüttelnd an. »Was meinst du denn damit? Das Geheime im Ordentlichen?!«

»Das ist ganz einfach«, sagte Justus. »Etwas muss so versteckt sein, dass man es in der Ordnung nicht entdeckt.«

Bob sah auf. »Das ist eine gute Idee, Just. Du meinst, niemand wird nach einem Buch suchen, wenn es aufgeräumt zwischen anderen Büchern im Regal seht.«

Peter warf seinen beiden Freunden einen zweifelnden Blick zu. »Also wenn *ich* ein Saboteur wäre und hier etwas angestellt hätte, dann würde ich meine Spuren am ehesten dadurch verwischen, dass ich alles Verdächtige in den Mülleimer werfe. Habe ich das richtig kombiniert?«

»Absolut!«, nickte Justus.

»Dann sag das doch gleich!« Peter drehte sich einmal um die eigene Achse und ging dann zielstrebig auf die Mülltonne zu. Rasch hob er den Deckel ab. Und im nächsten Moment sah er seine Freunde triumphierend an. »Seht euch das an!« Er griff in den Mülleimer und zog mit spitzen Fingern abgeschnittene Kabel, Lüsterklemmen und ein leeres Einweckglas hervor. Das Glas war mit einem Deckel verschlossen. Peter schraubte es auf und roch daran. Im selben Moment zuckte er zurück.

»Benzin!«, stieß er hervor. »In dem Glas war Benzin. Man kann es deutlich riechen.«

»Das ist eine mehr als heiße Spur!«, verkündete Justus. »Kabel, mit denen jemand möglicherweise einen Zeitzünder konstruiert hat. Und Benzin, also eine Substanz, mit der man etwas in Brand setzen kann.«

Peter blickte auf. »Du meinst, im Tank mit der Himmelstinte war ein Zeitzünder? Aber wie sollen wir das beweisen? Das Ding hat sich mit der Explosion ja selbst vernichtet. Und ein bisschen Benzin in einem Glas, an dem wir bestimmt keine Fingerabdrücke finden werden, dazu ein paar abgeschnittene Kabel, all das kann in jeder Flugzeugwerkstatt herumliegen.«

»Wir sollten den Colonel fragen, ob *er* das weggeworfen hat«, sagte Justus. »Und falls er es nicht war ...«

Justus hatte den Gedanken noch nicht zu Ende gesprochen, als ein unerwarteter Gast den Schuppen betrat. Es war ein junger Mann mit etwas längerem semmelblondem Haar und leuchtend blauen Augen. Auf seinen Lippen lag ein strahlendes Lächeln. »Guten Tag!«, rief er fröhlich in die Runde. »Hier bin ich doch bestimmt richtig bei Colonel Edwards, ja? Bei dem berühmten Himmelsschreiber, der jedes Jahr VVRB über Rocky Beach erscheinen lässt. Heute ist doch der Tag! Aber ich habe nichts gesehen. Und deswegen bin ich hierhergekommen!«

Die drei ???, Kommissar Reynolds und Colonel Edwards sahen den Ankömmling mit großen Augen an. »Wer sind Sie?«, fragte der Colonel.

»Ich?«, rief der Neuankömmling. »Oh, Verzeihung! Entschuldigen Sie bitte, ich habe vergessen, mich vorzustellen. Mein Name ist David Miller. Ich bin ein junger und recht guter Pilot und habe schon so viel von Ihnen gehört, Colonel Edwards. Ich bin gekommen, um bei Ihnen das großartige Handwerk des Himmelsschreibens zu erlernen. Oder eigentlich zu vervollkommnen. Ich weiß, Sie sind der beste Himmelsschreiber in ganz Kalifornien.«

»In die Lehre des Himmelsschreibens wollen Sie bei mir gehen?« Colonel Edwards sah den jungen Mann erstaunt an. Dieser nickte. »Ja, unbedingt! Ich weiß viel darüber. Ich habe das Himmelsschreiben studiert, ich habe jeden Ihrer Flüge verfolgt, Mr Edwards, und ich weiß alles über Sie. Ich bin Ihr größter Fan! Ihre rote Cessna ist ein Flugzeug, in das ich mich verliebt habe. Ich möchte es so gerne einmal selbst fliegen. Das wäre mein Traum! Wirklich, wenn Sie mich in die Lehre nehmen, werde ich die Werbung zurück ins Blau des Himmels bringen.«

Die drei ??? warfen sich einen Blick zu. Der junge Mann hörte überhaupt nicht mehr auf zu reden. Die Worte sprudelten nur so aus ihm heraus, und er schien wirklich begeistert zu sein von der Himmelsschreiberei. Justus, Peter und Bob sahen, dass sich auf den Lippen des Colonels ein glückliches Lächeln ausbreitete.

»Der Typ wickelt den alten Piloten ganz schön um den Finger«, murmelte Peter.

»Ja«, stimmte Bob ihm zu. »Aber ehrlich, Peter, wenn dir jemand sagen würde, dass du der beste Basketballspieler aller Zeiten bist und dass er bei dir lernen möchte, würdest du dich da nicht auch geschmeichelt fühlen?«

»Natürlich würde er das«, pflichtete Justus Bob bei. »Jeder würde das. Niemand ist gegen Schmeicheleien gefeit. Wenn ihr mir zum Beispiel sagen würdet, dass ich der beste Detektiv auf der ganzen Welt bin, würde ich euch vor Freude das größte Stück von Tante Mathildas Kirschkuchen geben.«

Bob und Peter grinsten. Dann flüsterte Bob: »Aber dieser Mann hier übertreibt schon ein bisschen.«

»Übertreiben oder nicht«, flüsterte Justus zurück, »er scheint sein Ziel erreicht zu haben.«

Und damit hatte der Anführer der drei ??? recht. Denn Colonel Edwards ging jetzt mit ausgebreiteten Armen auf den blonden Mann zu und rief fröhlich: »Ich kann Ihnen *alles* über das Himmelsschrei-

ben beibringen. Ich werde langsam alt, und ich könnte einen Nachfolger gebrauchen.«

»Großartig!«, rief David Miller. »Wann kann ich anfangen?«

Colonel Edwards streckte ihm die Hand entgegen. »Sofort, mein Lieber!« Er wandte sich Kommissar Reynolds zu. »Ich mache die Tests mit meinem neuen Schüler hier weiter. Danke für Ihre Hilfe.«

MERKUR 21

Die drei ??? verabschiedeten sich von Colonel Edwards. Doch ehe sie gingen, fragte Justus ihn noch leise: »Sir, haben Sie in letzter Zeit Kabel oder Lüsterklemmen in den Mülleimer geworfen?«

Der Colonel schüttelte den Kopf. »Nein, das sammle ich immer in einem extra Behälter und verkaufe es später deinem Onkel. Altmetall landet bei mir nie im Normalmüll.«

Justus nickte langsam. Dann verabschiedeten sich die Freunde auch von dem jungen Mann und begleiteten Kommissar Reynolds hinaus ins Freie. »Ja, meine Lieben«, wandte sich der Kommissar seiner geheimen Spezialeinheit zu, »dann mache ich mich mal auf den Rückweg. Hier scheint ja alles wieder in gute Bahnen zu kommen. Immerhin hat der alte Colonel einen Schüler gefunden. Das wird ihn bestimmt aufmuntern.«

»Hoffentlich, Sir«, sagte Justus nachdenklich. Dann ging er zum Hänger, auf dem noch die Fahrräder der drei ??? lagen. Er nahm sein Rad herunter. Bob und Peter taten das Gleiche.

»Soll ich euch nicht mit zurück in die Stadt nehmen?«, fragte Reynolds überrascht.

»Nein, danke!« Justus lächelte und winkte ab. »Wir radeln. Das ist gesund und gibt frische Muskelkraft.«

»Ja, das stimmt. Ein bisschen Bewegung täte mir bisweilen auch ganz gut.« Der Kommissar stieg seufzend in den Abschleppwagen und fuhr davon.

Peter grinste. »Frische Muskelkraft?! Just, als ob dir daran etwas gelegen wäre.« Er sah hinüber zu einem Fahrrad, das an den Eingang des Schuppens gelehnt war. »Wenn ich recht kombiniere, willst du David Miller verfolgen, der hier so unverhofft aufgetaucht ist, oder?«

»Natürlich will er das«, sagte Bob. »Und ich finde, wir tun gut daran. Denn hier stimmt etwas nicht. Miller hat nämlich mit keinem Wort den Unfall heute Morgen erwähnt, obwohl er behauptet, dass er sich den Flug des Colonels ansehen wollte. Dann hätte er doch den Zwischenfall bemerken müssen, und er hätte sich Sorgen gemacht und den Piloten danach gefragt. Stattdessen sprüht er vor guter Laune. Das ist sehr seltsam.«

»Eben«, nickte Justus. »Und es ist verdächtig. Denn der Colonel hat die Kabel nicht in den Mülleimer geworfen. Das heißt, es war jemand hier. Wir müssen herausfinden, was David Miller *wirklich* will. Vielleicht hat er ja irgendetwas mit der Sabotage zu tun.«

Kurz darauf lagen die drei ??? mit ihren Fahrrädern am Rande der Flugzeugfarm hinter ein paar Bäumen auf der Lauer. Und das nicht vergebens. Denn es verging keine Stunde, bis David Miller den Schuppen verließ, sich auf sein Fahrrad schwang und Richtung Rocky Beach radelte. Die drei ??? ließen den jungen Mann an sich vorbeifahren, dann aber hefteten sie sich an seine Fersen. Als geübte Detektive fuhren sie schweigend und hielten genügend Abstand, dass der Verfolgte nicht auf sie aufmerksam wurde. Doch gerade als vor ihnen die ersten Häuser von Rocky Beach auftauchten, bog der junge Mann plötzlich in einen schmalen Nebenweg ab. »Da geht es runter zum Strand«, meinte Bob. »Was will er denn da?«

»Das werden wir gleich sehen.« Justus fuhr langsamer und wartete, bis Miller den schmalen Weg ein gutes Stück weit entlanggefahren war. Dann nahm er die Verfolgung wieder auf.

Der Weg war jetzt holprig und führte zwischen flachen Felsen und Gestrüpp auf die Küste zu. »Da vorn geht es zu einem Stück Steilküste, das ich kenne«, sagte Peter. »Da ist ein großer, flacher Sandstrand, der nachts von den Wellen überspült wird. Komisch, da gehen eigentlich selten Leute baden, weil es dort den ganzen Tag über feucht und kühl ist. Der Strand liegt nämlich völlig im Schatten.«

Langsam rollten die drei ??? aus und stellten am Rand der Steilküste ihre Fahrräder ab. Von David Miller war nichts mehr zu sehen. »Er muss da runter sein!« Bob deutete auf eine lange Holzleiter, die am oberen Rand der Steilküste begann und von dort zum Strand führte.

Auf dem Bauch robbend näherten sich die drei ??? dem Felsenrand und blickten hinab. Dann stockte ihnen der Atem. »Jetzt seht euch das an!«, flüsterte Bob. Die drei ??? sahen den jungen Mann, wie er die Holzleiter hinabstieg. Und sein Fahrrad trug er auf dem Rücken! »Der nimmt sein Rad mit runter an den Strand?« Peter schüttelte verwirrt den Kopf. »Was ist denn das für eine Schnapsidee?« Dicht aneinandergedrängt beobachteten die drei Detektive, wie David Miller sein Rad schnaufend Sprosse um Sprosse nach unten hievte. Am Strand angekommen, sah er sich um.

»Wartet der auf jemanden?« Peter suchte das Küstenstück mit den Augen ab. »Kein Mensch weit und breit.«

Im nächsten Moment aber tat David Miller etwas Merkwürdiges. Er ging mit seinem Fahrrad auf der Schulter mitten auf den unberührten, von

den nächtlichen Wellen glatt gespülten Strand, schwang sich dann in den Sattel und begann, im Sand umherzufahren. »Was macht der denn da? So etwas Verrücktes habe ich ja noch nie gesehen!« Peter machte große Augen. Bob starrte ebenfalls verblüfft auf das, was der junge Mann tat. Doch dann zischte er plötzlich: »Freunde, er schreibt mit seinem Rad etwas in den Sand.«

Justus nickte aufgeregt. »Ja, ganz eindeutig! Seht mal: ein langer Strich und zwei kleine Striche – das wird ein W. Jetzt kommt der zweite lange Strich.« Nachdenklich knetete er seine Unterlippe. »Er übt das Schreiben im Sand«, sagte er dann.

Peter sah seinen Freund erstaunt an. »Warum sollte jemand mit dem Fahrrad in den Sand schreiben? Heute Nacht kommen die Wellen und spülen alles wieder weg.«

»Ja«, sagte Justus langsam. »Genauso, wie der Wind am Himmel die Rauchfahnen wieder wegpustet ...«

Peter stieß einen leisen Schrei aus. »Genialer Gedanke, Just!«, rief er. »Natürlich! David Miller übt das Himmelsschreiben! Auf einem Fahrrad kann er sich ähnlich bewegen wie in einem Flugzeug, nur dass er nicht in der Luft fliegt. Das ist es!«

»Aber was schreibt er da?«, fragte Bob. »Warum ein W?«

»Das werden wir gleich wissen.« Justus streckte den Kopf ein Stück weiter vor. Dann sah er kurz zum Himmel. »Freunde«, sagte er dann langsam, »wir denken falschrum. Am Himmel muss man spiegelverkehrt schreiben, damit man die Buchstaben auf der Erde richtig herum sieht. Und deswegen ist der erste Buchstabe kein W, sondern ein M. Und das, was Miller jetzt malt, ist ein E.«

»Ja, stimmt«, sagte Peter. »Jetzt sieht man es! Aber wieso muss man am Himmel spiegelverkehrt schreiben?«

»Das ist leicht nachzuvollziehen«, erklärte Justus. »Pass auf.« Er zog ein kleines Notizbuch hervor und riss zwei Seiten heraus, die er Peter in die Hand drückte. »Hier, nimm die beiden Blätter und schreib auf beide deinen Namen.« Peter folgte Justus' Anweisungen. Der Anführer der drei ??? nickte zufrieden. »Und jetzt hältst du die beiden Blätter über deinen Kopf, sodass du sie lesen kannst.«

Peter tat es. »Da steht zweimal PETER.«

»Richtig«, sagte Justus. »Und jetzt nimmst du

den einen Zettel und führst ihn in einer 180°-Drehung nach unten. Dabei folgst du mit dem Blick dem Zettel. Die andere Hand lässt du oben in der Luft.« Peter gehorchte, und Justus erklärte weiter. »Jetzt hast du einen Zettel, auf den du herunterblickst, und den anderen Zettel über dir. Beide zeigen den gleichen Text und sind gut leserlich. Aber der Text oben ist im Vergleich zum unteren spiegelverkehrt.«

»Stimmt«, sagte Bob, der die Aktion aufmerksam mitverfolgt hatte. »Das ist der Beweis, dass man am Himmel spiegelverkehrt schreiben muss, damit es unten auf der Erde dann richtig herum lesbar ist.«

»Cool«, sagte Peter. »Ich versteh es zwar irgendwie immer noch nicht, aber ich kann es sehen!«

Während die drei ??? dieses Experiment machten, hatte David Miller sein Wort im Sand fertig geschrieben. Ganz klar erkennbar waren am Strand die Buchstaben MERKUR zu lesen. »MERKUR?«, meinte Bob verblüfft. »Was soll denn das bedeuten?«

»MERKUR ist ein römischer Gott«, sagte Justus.

»Und auch ein Planet«, fügte Peter hinzu. »Aber warum schreibt der Kerl einen Planetennamen in den Sand? Er wird ja wohl kaum eine Landebahn für Außerirdische markieren wollen. Freunde, langsam wird die Sache wirklich unheimlich.«

»Moment mal!« Bob zeigte nach unten. »David Miller ist noch nicht fertig.« Tatsächlich radelte der junge Mann erneut mit seinem Fahrrad durch den Sand und schrieb noch zwei Zahlen. Eine Zwei und eine Eins.

»MERKUR 21?! Das wird ja immer verrückter. Habt ihr eine Ahnung, was das bedeuten soll?« Peter sah seine Freunde fragend an. Doch sowohl Justus als auch Bob zuckten ratlos die Schultern.

In diesem Moment stieg der junge Pilot vom Fahrrad und begutachtete sein Werk. Er nickte zufrieden. Plötzlich warf er einen kritischen Blick

nach oben. »In Deckung«, zischte Justus. Schnell zogen sich die drei ??? zurück.

Als sie wenig später ein leises Klappern hörten, wussten sie, dass Miller dabei war, die Leiter hochzusteigen. Justus warf noch einmal einen kurzen Blick auf den Strand. »Miller hat die Buchstaben alle wieder ausgewischt«, verkündete er. »Kommt, Freunde, wir haben genug gesehen. Lasst uns herausfinden, was es mit diesem seltsamen MERKUR 21 auf sich hat.«

Zahlendreher?

»Und wo sollen wir uns nach MERKUR 21 erkundigen?« Peter fuhr vor seinen beiden Freunden auf der Küstenstraße. Neben ihnen erstreckte sich der blaue Ozean. David Miller hatten sie erst an ihrem Versteck vorbeiradeln lassen und waren dann mit etwas Abstand ebenfalls aufgebrochen.

»Ich würde vorschlagen, wir fahren noch mal zu Colonel Edwards«, meinte Bob. »Es geht schließlich um das Himmelsschreiben. Und was auch immer der Colonel mit der ganzen Sache zu tun hat: Er ist der einzige Fachmann, den wir kennen.«

»Einverstanden«, sagte Justus.

Eine halbe Stunde später standen die drei ??? zum zweiten Mal an diesem Tag auf der alten Flugzeugfarm. Colonel Edwards sah sie erstaunt an. »Ihr schon wieder hier?« Doch er lächelte freundlich. Der alte Pilot schien sich nach dem Zwischenfall wieder beruhigt zu haben. »Seht mal«, rief er. »Ich muss tatsächlich aus Versehen statt des Paraffins Benzin in meinen Tank gefüllt haben. Wenigstens habe ich jetzt Klarheit.« Er deutete auf eine leere Dose, die zwischen weiteren Dosen auf einem Bord stand. »Diese Dose habe ich vorhin zusammen mit meinem jungen Helfer gefunden. Da war Feuerzeugbenzin drin. Das benutze ich manchmal zum Reinigen. Ich muss die Dose aus Versehen auf diesem Bord falsch abgestellt und dann mit dem Paraffin zusammen in den Tank gegossen haben. Ein entsetzlicher Fehler! So etwas darf einem nicht passieren. Was für ein Glück, dass dieser junge Pilot heute kam. Er wird mir in Zukunft helfen, dass mir so eine Unachtsamkeit nicht mehr passiert. Ein Schüler ist für einen Lehrer nämlich genauso wichtig wie ein Lehrer für einen Schüler.«

»Ja, Sir, natürlich verstehen wir das«, sagte Justus. Doch seine Stimme klang misstrauisch. Neugierig betrachtete er die Dose auf dem Regalbrett. Sie glich den anderen Dosen überhaupt nicht. »Es ist beinahe unmöglich«, wandte sich Justus leise an Peter und Bob, »dass man zwei so

unterschiedliche Dosen miteinander verwechselt. Ich vermute eher, dass jemand diese eine Dose nachträglich zu den anderen Dosen gestellt hat.«

»Und wir haben die auffällige Dose bei unserer Spurensuche nicht bemerkt, weil wir nur im Mülleimer gewühlt haben«, ergänzte Peter.

»Oder die Dose wurde erst hingestellt, nachdem wir schon weg waren«, sagte Bob. »Außerdem erklärt das alles noch nicht den verklemmten Tankdeckel und die anderen Kabel, die wir in der Mülltonne gefunden haben.«

Justus seufzte. »Es hat eher den Anschein, als solle dem Colonel weisgemacht werden, er habe einen Fehler begangen. In Wirklichkeit hat aber vielleicht jemand ganz anders das Benzin in den Tank gefüllt und die Dose als falsche Fährte auf das Bord gestellt.«

Peter nickte grimmig. »Bestimmt dieser David Miller. Ein gemeiner Plan! Der Colonel soll denken, er sei zu alt und unkonzentriert für einen verantwortungsvollen Flugpiloten.«

»Und der Plan scheint zu funktionieren«, murmelte Justus. Er wandte sich wieder dem Colonel zu. »Sir«, sagte er dann, »wir wollten Sie noch etwas fragen. Wir haben uns inzwischen weiter mit dem Himmelsschreiben beschäftigt. Ursprünglich wurde es ja erfunden, um Werbung am Himmel erscheinen zu lassen, nicht wahr?«

»Genauso ist es«, lachte Edwards. »Es war die

beste Werbung, die es damals gab. Und die sichtbarste! Man konnte viele Menschen damit erreichen. Doch nach und nach haben Zeitschriften und natürlich auch das Fernsehen diese Art der Werbung verbannt. Heute gibt es nur noch sehr selten Werbeaufträge für einen Himmelsflieger wie mich. Wenn ich auch gerade neulich wieder einen bekommen habe.« Er strahlte über das ganze Gesicht.

»Ach?!«, rief Justus überrascht. »Was denn für einen Auftrag?«

Der Colonel sah die drei ??? mit einem spitzbübischen Lächeln an. »Euch verrate ich es, wenn ihr mir versprecht, dass ihr es nicht weitersagt. Es ist nämlich ein wirklich großer und zudem gut bezahlter Auftrag. Ich soll einen Schriftzug an den Himmel bringen, der die Leute auffordert, eine bestimmte Telefonnummer anzurufen. Genauso wurde das früher auch gemacht. Ihr wisst ja, die Telefone in den USA haben schon länger als der Rest der Welt Buchstaben *und* Nummern auf den

Tasten. Und wenn man die Nummern wählt, die zu bestimmten Buchstaben gehören, dann wird man entsprechend verbunden.«

»Das nennt man Buchstabenwahl«, sagte Bob. »Mein Name – BOB – hat zum Beispiel die Nummernkombination 2-6-2.«

»Ganz genau«, sagte Edwards. »Und ich soll CALL MERKUR 12 in den Himmel schreiben. Es geht dabei um ein ganz neues, hochmodernes und ultraflaches Smartphone der Firma Merkur. Wer die Werbung liest, ruft die Smartphone-Firma an und kann dort einen kostenlosen Handyvertrag gewinnen. Ist das nicht eine geniale Idee?«

»Das ist cool!«, staunte Peter. »Die alten Menschen werden sich an frühere Himmelsbotschaften erinnern. Und die jungen Leute werden es für etwas Neues halten und es stark finden.«

Justus nickte nachdenklich. »MERKUR 12«, wiederholte er dann langsam und sah Colonel Edwards fragend an. »Sind Sie ganz sicher, dass es nicht MERKUR 21 heißt?«

»21? Nein, nein!«, rief der Colonel. »Es heißt 12! Da kann ich mich auf mein Gedächtnis verlassen, auch wenn ich vielleicht im Moment etwas durcheinander bin. Ich habe den Auftrag erst vor einer Woche bekommen und soll ihn am Zwölften des Monats ausführen, also morgen, da ist nämlich der zwölfte August.« Er deutete auf einen Kalender vor sich auf dem Schreibtisch. »Hier habe ich es mir notiert. MERKUR 12 steht da.« Der Pilot lachte. »Ihr müsst euch keine Sorgen um mich machen, Jungs! Das Schicksal meint es gut mit mir und hat mir den jungen David Miller als Assistenten geschickt. Er wird mir helfen, alles zu überprüfen. Vier Augen sehen mehr als zwei. Und so wird mir bei diesem großen Auftrag bestimmt kein Fehler unterlaufen.« Er lächelte glücklich. »Und mit dem Geld, das ich damit verdiene, werde ich meine rote Cessna wieder instand setzen. Und dann kann ich in zwei Wochen doch noch VVRB an den Himmel schreiben, und alle Menschen in Rocky Beach werden glücklich sein. So, jetzt muss ich an die Arbeit.«

Er deutete auf ein gelbes Flugzeug. »Das ist nämlich die Cessna, die ich für den Merkur-Auftrag benutzen werde. Ich muss nur noch den Tank prüfen!« Colonel Edwards verabschiedete sich von den drei ??? und winkte ihnen fröhlich hinterher, als sie auf ihren Rädern davonfuhren.

Seltsames Zusammentreffen

Die drei ??? machten sich auf den Weg zu ihrem Geheimversteck, der *Kaffeekanne*. Natürlich handelte es sich dabei nicht wirklich um eine Kaffeekanne, sondern um einen verlassenen Wassertank für Dampflokomotiven. Dieser stand an einer alten Bahnstrecke außerhalb von Rocky Beach im Wald und sah mit seinem Befüllrohr an der Seite aus der Ferne tatsächlich ein wenig aus wie eine Kaffeekanne aus Urgroßmutters Zeiten. In diesem Wassertank hatten sich Justus, Peter und Bob ihr Hauptquartier eingerichtet und bewahrten dort alles auf, was sie für die Detektivarbeit brauchten. Neben Lupe, Fingerabdruckpulver, einem Satz Dietrichen und allerlei mehr gab es auch ein altes Handy, das Justus nun hervorzog, nachdem die Freunde ihr Versteck über eine Eisenleiter bestiegen und es sich auf Kisten, Decken und Kissen gemütlich gemacht hatten.

»Also, Freunde«, hob er an, »ich glaube nicht

mehr, dass es sich bei unserem neuen Fall um Zufälle handelt. Colonel Edwards ist nicht so alt und tatterig, dass er eine helle Dose zwischen lauter dunklen Dosen im Regal einfach verwechseln würde. *Er* denkt, er hätte das getan. Aber *ich* glaube nicht, dass es so war.«

»Ich auch nicht«, stimmte Bob dem Anführer der drei ??? zu.

»Und deswegen«, fuhr Justus fort, »vermute ich, dass es sich bei der ganzen Sache um einen Plan handelt, der irgendetwas mit der verschlüsselten Telefonnummer MERKUR 12 oder MERKUR 21 zu tun hat. Wollen wir doch mal sehen, wen wir in der Leitung haben, wenn wir die angegebene Nummer wählen.«

»Welche Nummer denn nun?«, wollte Peter wissen. »MERKUR 21 oder MERKUR 12?«

»Zuerst einmal die Nummer, die David Miller in den Sand geschrieben hat«, antwortete Justus. »Er ist verdächtig, denn schließlich ist er urplötzlich aufgetaucht und arbeitet auf einmal für den Colonel. Und wenn jemand Edwards Flug sabotiert hat, dann ist Miller eindeutig unser Hauptverdächtiger.«

»Er ist allerdings auch der *einzige* Verdächtige bisher«, gab Peter zu bedenken. »Und das macht ihn noch nicht zum Täter.«

»Richtig«, sagte Bob. »Aber er kennt offenbar die Botschaft, die der Colonel als Auftrag bekommen hat. Woher?«

»Richtig!«, rief Justus. »Und dazu hat er falsche Zahlen in den Sand geschrieben. Und das heißt, dass er möglicherweise etwas weiß, was der Colonel nicht weiß. Und damit ist er sehr verdächtig!«

»Er könnte die Zahlen aber auch aus Versehen verdreht haben«, meinte Peter.

»Das werden wir gleich wissen, Kollegen«, unterbrach Justus diesen Gedankengang. »Wenn

Miller sich geirrt hat, werde ich unter der falschen Nummer vermutlich niemanden erreichen.« Justus schaltete das Handy ein und drückte nacheinander die Tasten MERKUR 21.

»Welche Zahlen ergeben denn MERKUR 21?«, fragte Peter.

Justus grinste. »Das lasse ich dich selbst herausfinden. Ich verrate dir nur, dass eine Zahl zweimal vorkommt.« Er tippte auf der Tastatur, dann schaltete er den Lautsprecher des Handys ein, sodass Peter und Bob mithören konnten. Im Telefon tutete es. Kurz darauf meldete sich eine freundliche Frauenstimme: »Global-Phone, guten Tag! Was kann ich für Sie tun?«

Justus zögerte keinen Moment. Er sprach gerne mit Erwachsenen und gab sich dabei auch gerne als jemand anders aus. Der Anführer der drei ??? war ein begnadeter Schauspieler und konnte auch gut seine Stimme verstellen. »Bin ich richtig bei Global-Phone?«, fragte er langsam und mit tiefem Bass. Er klang wie ein würdevoller älterer Herr.

»Ganz richtig«, sagte die Dame freundlich. »Sie sind allerdings bei einer Sonderrufnummer gelandet. Ich verbinde Sie gerne weiter, wenn es um Ihren Telefonanschluss geht oder um eine Vertragsverlängerung. Wie ich sehe, rufen Sie nicht von einer Global-Phone-Nummer aus an.«

»Nein«, sagte Justus. »Ich telefoniere mit einer Prepaidkarte. Und jetzt wollte ich fragen, was für Angebote Sie mir für einen Telefonanschluss machen können.«

»Wir bieten sehr gute Verträge«, sagte die Dame freundlich. »Ich kann Sie gerne verbinden.«

»Das freut mich«, antwortete Justus sehr langsam. »Aber bevor Sie mich verbinden, würde ich gerne wissen, wer am anderen Ende spricht. Mein Name ist James Tiberius.«

Allmählich wurde die Stimme am anderen Ende der Leitung ein wenig ungeduldig. »Das sagte ich doch schon: Hier spricht die Global-Phone. Mein Name ist Mrs Dunst. Wir sind eine der größten Telefongesellschaften der USA.«

»Ja, das weiß ich, Mrs Dunst«, sagte Justus freundlich. »Aber mich interessiert diese Sonderrufnummer, von der Sie sprachen.«

»Rufen Sie etwa schon wegen der Verlosung für den kostenlosen Handyvertrag an?«, fragte Mrs Dunst verwundert.

»Ja!«, rief Justus begeistert und klang dabei ein bisschen wie ein wiehernder Esel. »Ich habe gehört, wenn man gewinnt, kann man ein Jahr lang kostenlos telefonieren. Stimmt das?«

Die Dame zögerte. »Das ist richtig«, sagte sie dann. »Aber noch ist es nicht so weit.«

»Dann habe ich wohl die falsche Nummer gewählt«, murmelte Justus scheinbar betrübt. »Aber ich hatte eine klare Vision, in der genau diese Telefonnummer am Himmel stand: 63758721. Und meine Träume haben mich noch nie belogen.«

Mrs Dunst schluckte hörbar. »Ihre Träume? Sie haben diese Telefonnummer geträumt?«

»Ja«, antwortete Justus würdevoll. »Ich bin von Beruf Hellseher.«

Die Dame schwieg verblüfft. Dann sagte sie: »Aber die Verlosung startet erst morgen.«

»Das ist ja das Problem«, flüsterte Justus und wirkte jetzt wie ein in Zeitlupentempo krächzender Vogel. »Wenn man in die Zukunft sieht, ist man seiner Zeit immer voraus.«

Die Dame schluckte wieder. »Mr Tiberius, ich würde mich freuen, wenn Sie bei der Verlosung Glück haben. Rufen Sie einfach morgen Nachmittag wieder an, dann haben Sie die einmalige Chance, ein ultramodernes Smartphone mit einem kostenlosen Jahresvertrag zu gewinnen. Unter allen Anrufern werden zehn Exemplare verlost. Ein ultraflaches Gerät mit allen erdenklichen Funktionen und Extras. Schauen Sie einfach morgen zum Himmel. Und sobald Sie etwas entdecken, rufen Sie an!«

»Oh, Mrs Dunst, ich danke Ihnen! Das ist großartig«, sagte Justus.

»Dann wünsche ich Ihnen viel Glück«, sagte die Dame. Sie zögerte. »Und ... Sir?«

»Ja, Mrs Dunst?«, sagte Justus und ließ ein schwaches Hüsteln ertönen. Dann fügte er hinzu: »Ich weiß schon, was Sie wollen. Ich soll für Sie einen Blick in die Zukunft werfen.«

Die Dame der Telefongesellschaft schluckte zum dritten Mal. »Ja, genau. Wäre das möglich?«

»Kann ich, Mrs Dunst, kann ich«, sagte Justus und klang jetzt wie ein sehr gütiger alter Herr. »Sie sollten sich bald nach einer neuen Arbeit umsehen, denn die Global-Phone wird schweren Schaden erleiden. Die Firma ist nicht ehrlich. Sie haben noch zwei oder drei Tage Zeit, dann bricht der Sturm los.«

»Der Sturm?«, fragte die Dame irritiert.

»Der Sturm der Empörung«, sagte Justus langsam. »Auf Wiederhören.« Und damit legte er auf.

Peter und Bob starrten ihren Anführer an. »Das war großartig, Just!«, sagte Bob anerkennend.

»Danke, Freunde.« Justus knetete bedächtig seine Unterlippe mit Daumen und Zeigefinger. »Wir wissen jetzt also, dass die Global-Phone eine Verlosung plant, die morgen durch eine Himmelsbotschaft angekündigt wird. Und wir wissen auch, dass es hier in der Gegend nur einen Himmelsschreiber gibt: Mr Edwards! Und der arbeitet für die Merkur und nicht die Global-Phone. Und das bedeutet ...«

»... dass die Global-Phone mitbekommen hat, was die Merkur plant, und mit einem Zahlendreher – nämlich 21 statt 12 – die Himmelswerbung stehlen will«, vollendete Bob den Satz.

»Ja«, stimmte Peter zu, »*zwei* Preisausschreiben und *zwei* Firmen. Aber nur *ein* Himmelsschreiber in Rocky Beach. Das ist eine unsaubere Geschichte.«

Nachdenklich sahen sich die drei ??? an. »Und jetzt?«, fragte Peter schließlich.

»Jetzt habe ich Hunger«, sagte Justus. »Tante Mathilda hat mir einen Kirschkuchen versprochen. Kommt, Freunde, beim Essen kann man immer am besten nachdenken.«

Dunkle Überraschung

Die Freunde schwangen sich auf ihre Räder und machten sich auf den Weg zum *Titus Jonas Gebrauchtwarencenter*. Hier lebte Justus, seit er fünf Jahre alt war. Seine Eltern waren damals bei einem schweren Unfall ums Leben gekommen, doch Justus hatte das große Glück gehabt, von seiner Tante Mathilda und seinem Onkel Titus aufgenommen zu werden. Und so hatte er ein neues, glückliches Zuhause gefunden.

Doch als die drei ??? auf den Schrottplatz zurollten, parkte mitten auf dem Gelände eine schwarze Limousine, und vor der Veranda des Wohnhauses stand ein dicker Mann in einem schwarzen Anzug und schüttelte ungläubig den Kopf. »Da habe ich mich wohl geirrt«, rief er dröhnend mit dunkler Stimme. »Ich habe gedacht, hier würde Colonel Edwards wohnen. Die Schrottberge sahen aus wie die alten Flugzeuge dieses verrückten Piloten.«

Vor dem Mann stand Onkel Titus und lachte

GLOBAL

herzlich. »Ja, Sir, das kann man aus der Ferne leicht miteinander verwechseln. Mein altes Metall glänzt ja fast so schön in der Nachmittagssonne wie die Maschinen von Colonel Edwards. Aber der wohnt außerhalb der Stadt und hat dort seine Farm. Was wollen Sie denn von ihm?«

Der dicke Mann blickte kurz zur Seite. Dann sagte er: »Ach, ich wollte nur wissen, ob er demnächst einen Auftrag für mich übernehmen könnte. Aber darum kann ich mich auch in Ruhe von meinem Büro aus kümmern. Ich bin zufällig durch Rocky Beach gekommen und wollte mir die Flieger mal ansehen.«

Justus stieß Bob und Peter an. »Seht mal!« Er deutete auf die Rückseite der Limousine. Das Nummernschild des Wagens war mit einem glänzenden Handysymbol verziert, und die Buchstaben auf dem Nummernschild bildeten das Wort GLOBAL. In den USA darf man nämlich Bilder und Nummern auf Autoschildern frei gestalten.

»Das ist bestimmt kein Zufall«, flüsterte Justus.

Peter und Bob nickten. »Kommt, Freunde«, sagte Bob, »lasst uns mehr über diesen Mann herausfinden.« Er trat beherzt auf den Besucher zu. »Hallo, Sir! Sie haben ja ein tolles Nummernschild. Sind Sie vielleicht von der berühmten Telefongesellschaft Global-Phone?«

Der dicke Mann nickte erfreut. »Ihr kennt die Global-Phone?«

»Aber ja!«, rief Peter. »Bei uns in der Schule geht das Gerücht um, Global-Phone würde in Kürze ein ganz neues, flaches Smartphone mit allen Raffinessen auf den Markt bringen.«

Wieder nickte der Mann. »Das stimmt!«

Jetzt trat auch Justus auf den Unbekannten zu. »Aber von der Konkurrenzfirma, der Merkur, hört man genau dasselbe.«

Der Mann verzog das Gesicht. »Ach, die Merkur. Die Firma ist doch total hinter der Zeit zurück. Ihr Handymodell sieht unserem nur äußerlich ähnlich. In Wirklichkeit haben wir das viel bessere Gerät. Hier ist der Prototyp!« Er zog ein großes,

weißes Smartphone aus der Tasche und zeigte es den drei ???. »Ist das nicht schick?«

Das Handy sah aus wie alle modernen Handys. Es war flach, hatte einen riesigen Bildschirm und nur wenige Knöpfe zum Bedienen. Justus Jonas blickte dem Mann direkt in die Augen, als er sagte: »Es sieht *genauso* aus wie das Handy von Merkur, das habe ich nämlich schon gesehen. Ich kann da keinen Unterschied entdecken. Am Ende ist es ja doch immer nur die Werbung, die einem weismachen will, das eine sei besser als das andere, nicht wahr?«

»Merkur, Merkur, Merkur!«, rief der Mann dröhnend. »Immer diese verfluchte Merkur. Wo wir sind, da wollen die auch sein. Mir geht das schon lange auf die Nerven.«

In Justus' Augen funkelte es. »Ja, die Konkurrenz

heutzutage ist wirklich schlimm. Jeder macht die Werbung des anderen nach, um selbst der Beste zu sein. Nicht wahr?«

»Genau!«, rief der Mann. »Es ist ein hartes Geschäft.«

»Und Sie sind ganz zufällig in Rocky Beach?«, fragte Justus unvermittelt.

»Nein«, sagte der Mann mit tiefer Stimme, »ich bin natürlich …« Dann biss er sich auf die Lippen und verstummte. Schließlich murmelte er: »Oder vielmehr, ja. Aber jetzt muss ich weiter.« Die drei ??? sahen ihm zu, wie er in seine Limousine stieg und davonfuhr.

»Eine freundlicher Mann, aber ein bisschen durcheinander, was?«, sagte Onkel Titus. »Verwechselt Schrottberge mit Flugzeugen.«

»Ja, er war sehr aufgeregt«, stimmte Justus seinem Onkel zu. Er blinzelte Peter und Bob zu. »Aber das ist man ja manchmal, wenn man auf ein besonderes Ereignis wartet.«

Ein böser Unfall

»Just, du hast ihn geschickt ausgefragt«, meinte Bob. »Jetzt wissen wir, dass tatsächlich ein Werbekrieg zwischen Global-Phone und Merkur tobt.«

»Ja«, sagte Justus leise. »Angezettelt von der Global-Phone. Und dieser Mann ist natürlich nicht zufällig in Rocky Beach, sondern hält sich hier auf, weil er auf das große Ereignis wartet.« Er wandte sich seinem Onkel zu und fragte laut: »Hat der Unbekannte sich dir vorgestellt, Onkel Titus?«

Der Schrotthändler schüttelte den Kopf. »Nein, er kam plötzlich in seinem dicken Wagen angerauscht und wollte wissen, wo die Flugzeuge sind. Da habe ich ihm gesagt, dass es hier nur die Überreste von Flugzeugen gibt. Und natürlich hinzugefügt, dass er trotzdem ganz richtig bei mir ist, weil es schließlich nichts auf der Welt gibt, das so alt oder kaputt ist, dass man es nicht noch einmal einer neuen Verwendung zuführen kann. Aber ich glaube, das hat er nicht verstanden.«

Im selben Moment erschien Tante Mathilda mit einem dampfenden Kirschkuchen auf der Veranda. »Da seid ihr ja, Jungs!«, rief sie. »Ich habe mich schon gewundert, wo ihr bleibt. Der Kirschkuchen ist fertig, also zu Tisch, wenn ich bitten darf!«

Das ließen sich die drei ??? nicht zweimal sagen. Mit lautem Jubel stürzten sie an den Verandatisch und waren die nächste halbe Stunde damit beschäftigt, ein Stück köstlichen Kirschkuchen nach dem anderen zu essen. »Ach, uh, lecker!«, stöhnte Peter. »Das ist doch immer wieder das Beste an jedem Fall, den wir lösen.« Bob und Justus lachten vergnügt.

Doch nachdem die drei ??? den letzten Krümel vertilgt hatten, wurde das Gesicht des Anführers der Detektive wieder ernst. »Freunde«, sagte er,

»die Tatsache, dass dieser Unbekannte hier auftaucht und auch der junge Pilot namens David Miller, lässt nur einen Rückschluss zu.«

»Richtig«, nickte Peter. »Es soll ein Spektakel am Himmel stattfinden, auf das zumindest der Boss der Global-Phone – oder wer der Dicke auch immer war – wartet.«

»Ja, genau«, sagte Bob. »Nur eines verstehe ich nicht: Colonel Edwards hat doch den Auftrag, die Werbung für die Merkur in den Himmel zu schreiben. Und ich frage mich, wie er dazu gebracht werden soll, die beiden Zahlen am Ende zu vertauschen? Bei allem, was bisher Seltsames passiert ist, das sorgt noch nicht dafür, dass er den Auftrag falsch ausführt.«

»Du hast recht!« Justus sprang entsetzt auf. »Das ist ein überaus wichtiger Gedanke, Bob. Und der lässt nur eine einzige Schlussfolgerung zu.«

»Welche denn, Just?«, fragte Peter.

»Dass der Colonel in Gefahr ist«, sagte Justus. »Das ist doch sonnenklar! David Miller will seinen

Platz im Flieger einnehmen, um dann die falsche Botschaft in den Himmel zu schreiben. Deswegen hat er auch am Strand geübt. Freunde, das müssen wir verhindern! Und da sich solch finstere Taten fast immer im Dunkeln ereignen, schlage ich vor, dass wir heute Nacht das Anwesen von Colonel Edwards unter die Lupe nehmen. Ich fürchte, dass dort etwas geplant ist, was dem Colonel Schaden zufügen wird. So wie ja auch seinem Flugzeug bereits Schaden zugefügt wurde.« Bob und Peter waren sofort mit diesem Plan einverstanden.

Wie immer, wenn die drei ??? nachts unbemerkt aus dem Haus wollten, um ihren Ermittlungen nachzugehen, wandten sie den »Bäumchen-wechsel-dich«-Trick an. Jeder der drei ??? sagte zu Hause, er übernachte bei einem der beiden anderen. Auf diese Weise waren die Erwachsenen beruhigt, weil sie dachten, Justus und Peter würden bei Bob, Bob und Peter bei Justus und Justus und Bob bei Peter schlafen. In Wirklichkeit aber blieben alle Betten leer. Und für den Notfall legten die drei ???

in jedes Bett einen Zettel, auf dem sie vermerkten, wo sie zu finden waren. Denn sollte ihnen wirklich einmal etwas zustoßen, würden die Erwachsenen sie spätestens am nächsten Morgen abholen. Doch das war bisher noch nie passiert.

Als die Dunkelheit hereinbrach, lagen die drei ??? unweit des Anwesens von Colonel Edwards auf der Lauer. Justus hatte drei Schlafsäcke mitgebracht, dazu hatten sie sich mit Ferngläsern und Taschenlampen ausgerüstet. Ihre Fahrräder lagen versteckt unter einem Busch und die drei Detektive auf einem flachen Stein, von dem aus sie die Farm gut überblicken konnten. Obwohl es bereits spät war, war der Colonel noch auf den Beinen. Er eilte in seiner hell erleuchteten Werkstatt hin und her, mischte Flüssigkeiten und war offenbar bester Dinge.

»Edwards scheint sich von dem Schreck heute Morgen erholt zu haben«, verkündete Bob. Doch in diesem Moment ertönte auf dem Gelände ein lautes Poltern. Der alte Pilot zuckte zusammen und sah auf. Die Freunde beobachteten durch ihre Ferngläser, wie er den Kopf ins Dunkel vor seinem Schuppen streckte. Dann polterte es erneut, und es klang, als würde ein Flugzeugmotor angelassen. »Hey!?«, rief der Colonel. »Wer macht sich da an meinen Flugzeugen zu schaffen?« Edwards nahm eine große Taschenlampe und stürzte hinaus in die Dunkelheit. Doch als er ins Freie trat, schlug er plötzlich lang auf den Boden. »Aua!«, brüllte er.

Justus stieß seine Freunde an. »Bob, Peter! Sofort da rüber! Es ist etwas passiert.«

Alle Vorsicht außer Acht lassend, sprangen die drei ??? auf und stürzten auf das Gelände von Colonel Edwards. Als sie ankamen, spähten sie zwischen den vielen Flugzeugen hindurch, konnten aber nichts erkennen. Auch die Geräusche waren verstummt. Rasch rannten sie weiter auf den Piloten zu.

»Was macht ihr denn schon wieder hier?«, rief der am Boden liegende Colonel wütend. »Wart ihr das etwa? Bürschchen, seid ihr von allen guten Geistern verlassen? Euretwegen bin ich gestürzt!«

»Aber Sir!«, rief Justus. »Was auch immer eben geschehen ist, wir sind dafür nicht verantwortlich. Wir wollten Sie bewachen, weil wir geahnt haben, dass hier irgendetwas vor sich gehen wird.«

Colonel Edwards sah auf seine Hose, die am Knie zerrissen war. Dann verzog er schmerzhaft das Gesicht. »Nun seht euch das an«, sagte er. »Ich bin doch ein alter Trottel! Ich sorge nur noch für

Unglück! Ich habe ein Geräusch gehört, wahrscheinlich war es eine streunende Katze. Dann bin ich hinausgerannt und gestürzt. Und jetzt tut mein Bein weh! O Gott! Ich fürchte, mit dieser Verletzung werde ich morgen nicht fliegen können.«

Vorsichtig bückte sich Justus und besah sich das Knie des Colonels. »Das sieht ziemlich böse aus, Sir. Wir müssen einen Krankenwagen rufen.«

»Ja, ich glaube auch«, nickte Edwards. »Das tut wirklich weh.«

Kurz darauf blinkte das Blaulicht eines Krankenwagens auf der alten Farm, und die drei ??? sahen zu, wie der Colonel auf einer Trage eingeladen wurde. »Das Bein ist nicht gebrochen, aber schlimm verstaucht«, erklärte der Sanitäter.

»Zum Glück hat uns niemand gefragt, was wir um diese Uhrzeit hier machen«, sagte Peter erleichtert, als der Krankenwagen in der Dunkelheit verschwand. »Und jetzt?«

»Jetzt müssen wir herausfinden, woher der Lärm kam, der den Colonel dazu gebracht hat, aus der

Werkstatt zu rennen. Und warum er gestürzt ist«, meinte Justus.

»Er ist einfach gestolpert«, sagte Peter.

Doch Justus schüttelte den Kopf. »Das glaube ich nicht.«

Sorgfältig machten sich die drei ??? daran, das Gelände und besonders die Stelle, an welcher der Colonel hingefallen war, zu untersuchen. Zu Justus' gar nicht großem Erstaunen wurden sie bald fündig. Direkt vor der Tür des Schuppens entdeckten sie einen dünnen Stolperdraht, der mit einem Nagel an einem Balken neben der Schuppentür befestigt war und schlaff auf dem Boden lag. Bob bückte sich und besah sich den Draht genauer. Dann deutete er in die Dunkelheit. »Dort könnte jemand gesessen und den Draht im rechten Augenblick gespannt haben. Und darüber ist der Colonel dann gestolpert.«

Justus nickte. »Lasst uns die Spur verfolgen.«

Die drei ??? schalteten ihre Taschenlampen ein und folgten dem Draht in die Dunkelheit. Sie muss-

ten nicht lange suchen. Nach wenigen Metern war ein Stock in die Erde gerammt, der deutliche Einschnittspuren im Holz trug. »Hier hat jemand den Draht drumgewickelt und dann festgehalten. Und nachdem der Colonel gestürzt war, hat dieser Jemand den Draht schnell wieder losgelassen und ist getürmt. Er hat uns vermutlich kommen sehen. In jedem Fall hat er sein Ziel erreicht.«

»Sein Ziel?«, fragte Peter.

»Ja«, sagte Justus. »Unser Unbekannter wollte den alten Piloten außer Gefecht setzen.«

»David Miller«, flüsterte Bob.

»Nun«, sagte Justus. »Alles sieht danach aus. Und jetzt verstehe ich auch, warum es einmal 12 und einmal 21 heißt! Miller kann, wenn er morgen den Colonel beim Himmelsschreiben vertritt, einfach behaupten, sich verschrieben zu haben.«

»Und alle Leute, welche die Nummer anrufen, bekommen in jedem Fall ihr Gewinnspiel«, sagte Peter. »Allerdings nicht das von Merkur, sondern das der Konkurrenzfirma Global-Phone.«

»Genau«, nickte Justus.

Bob sah seine Freunde an. »Und damit gewinnt die Global-Phone alle Kunden für sich, welche die Merkur mit ihrer Werbung erreichen wollte. Das sind unlautere Mittel.« Er schüttelte den Kopf. »Das ist wirklich gemein von der Global-Phone.«

»Ja, das ist Kundendiebstahl«, meinte Peter. »Aber wie sollen wir das verhindern?«

»Wir müssen beweisen, dass die Global-Phone die ganze Geschichte in Auftrag gegeben hat«, überlegte Justus. »Das wird nicht so einfach.«

Peter sah ratlos aus. »Was ist, wenn wir zu

Kommissar Reynolds gehen und ihm alles erzählen?« Justus schüttelte den Kopf. »Dann wird Colonel Edwards niemals für seinen Auftrag bezahlt werden. Und dann kann er sein Flugzeug nicht reparieren, das ihm höchstwahrscheinlich von den Betrügern kaputt gemacht wurde. Der arme Colonel wäre dann nicht nur verletzt, sondern ginge noch dazu leer aus. Auch das müssen wir verhindern. Nein, es gibt nur einen Weg, Freunde: Wir müssen die Gangster morgen auf frischer Tat ertappen und sie dazu bringen, sich selbst zu verraten. Ich habe da so eine Idee ... Aber dazu muss ich heute Nacht noch einiges vorbereiten, und Onkel Titus' Hilfe brauche ich auch. Ich schlage vor, ich erledige das jetzt, und ihr schlaft hier. Morgen früh treffen wir uns dann auf dem Schrottplatz.«

Peter sah sich unruhig um. »Und wenn der Täter zurückkommt?«

»Das wird er nicht«, beruhigte ihn Bob. »Und wenn doch, sind wir ja immerhin zu zweit!«

»Okay, Freunde!« Justus lächelte. »Bis dann!«

Plan Himmelsradierer

Am nächsten Morgen kamen Peter und Bob auf ihren Fahrrädern durch das hohe Eingangstor auf den Schrottplatz gesaust. »Alles klar, Just!«, riefen sie. »Die Nacht war ruhig.«

Justus stand schon auf der Veranda und winkte ihnen zu. »Na dann guten Morgen, Freunde!« Er sah Bob und Peter fröhlich an. »Ich habe auch alles fertigbekommen, was ich vorhatte. Und ich habe gerade im Krankenhaus angerufen. Colonel Edwards wird gleich nach Hause gebracht. Und wisst ihr was? Er ist mit David Miller verabredet, der ihn heute am frühen Morgen bereits im Krankenhaus besucht hat.«

»Das ist kein Zufall«, sagte Bob.

Justus nickte. »Wohl kaum. Aber jetzt kommt und bewundert mit mir den Himmelsradierer!«

»Den was?«, fragte Peter verdutzt.

»Den *Himmelsradierer*«, wiederholte Justus. »Die Schrift am Himmel ist ja nichts weiter als eine

Rauchwolke, die eine Weile in der Luft steht, so lange, bis der Wind sie verweht. Und ich habe mir überlegt, wir könnten dafür sorgen, dass die Schrift schneller verschwindet als sonst. Nämlich dadurch, dass wir uns um zusätzlichen Wind kümmern.«

»Willst du einen Wettertanz aufführen?!« Peter schüttelte den Kopf. »Oder sollen wir mit langen Rohren in den Himmel pusten? Ich wüsste wirklich nicht, wie wir von hier unten dafür sorgen sollen, dass die Buchstaben da oben verschwinden.«

Justus lachte. »Kommt mit!« Er ging voran in den Schuppen seines Onkels, in dem dieser seine Lieblingsgegenstände aufbewahrte. Onkel Titus stand grinsend an seiner Werkbank und hielt ein seltsames Ding in den Händen. »Ach, Justus, da bist du ja wieder. Ich bin fertig. Hier ist es!« Er hielt seinem Neffen ein kleines ferngesteuertes Propellerflugzeug entgegen.

»Mit einem Propeller«, erklärte Justus seinen Freunden leise, »kann man Wind erzeugen und Rauch verwehen.«

Peter nickte begeistert. »Das ist eine fantastische Idee. Du hast mal wieder Köpfchen bewiesen, Just.«

»Aber Onkel Titus hat mir sehr dabei geholfen«, sagte Justus bescheiden.

Sein Onkel lachte. »Ja, als Justus mir sagte, Colonel Edwards wolle probieren, ob man ein kleines Flugzeug als Radiergummi einsetzen kann, falls er sich am Himmel mal verschreibt, habe ich mich gleich an die Arbeit gemacht. Und dann kam

ich auf die Idee, an den Flugradierer einen Tank für Himmelstinte anzubauen, sodass man etwas Neues in den Himmel schreiben kann.«

Bob staunte. »Dann haben wir jetzt also eine Art Korrekturstift für Himmelsschreiber.«

»Wie ein Tintenkiller«, grinste Peter.

Justus nickte, griff nach der Fernsteuerung und bestückte sie mit frischen Batterien. Onkel Titus gab seinem Neffen das Flugzeug. »Fertig zum Ausprobieren!«

»Danke!« Justus nahm den Himmelsradierer vorsichtig in die Hand. »Die Maschine hat noch keinen Namen, dürfen wir sie beschriften?«

Onkel Titus lachte. »Natürlich, ich schenke sie euch.«

Kurz darauf bemalten die drei ??? ihr Propellerflugzeug mit drei wunderschönen Fragezeichen. Eines in Rot, eines in Blau und eines in Weiß. »Jetzt müssen wir es nur noch fliegen lassen.« Justus blickte auf die Uhr. »Los, auf zur Flugzeug-Farm.« Er steckte Flugzeug und Fernsteuerung in einen großen Seesack, den er sorgfältig mit alten Handtüchern auspolsterte. Dann machten sie sich auf den Weg.

Als die drei ??? an der Flugzeug-Farm ankamen, erwartete sie dort nicht nur Colonel Edwards, der mit eingegipstem Bein in einem Rollstuhl saß. Auch David Miller war da und schob den Piloten in seiner Werkstatt hin und her. Bedeutungsvoll nickte Justus seinen Freunden zu. »Ganz wie wir vermutet haben«, flüsterte er.

»Sehr gut, junger Mann! Sehr gut machen Sie das!«, rief der alte Pilot immer wieder. Er lachte, als er die drei ??? kommen sah. »Alles wird wieder gut! Mein Sturz gestern hat mir Glück im Unglück gebracht. David ist wirklich ein ausgezeichneter Himmelsschreiber und wird mich sehr gut vertreten. Seht nur!« Er deutete auf den Boden, wo in feuchten Buchstaben und spiegelverkehrter Schrift CALL MERKUR 12 zu lesen stand.

Justus nickte. »Sie haben die Reifen des Rollstuhls nass gemacht, und Ihr Schüler fährt damit die Schriftzüge nach. Das ist wirklich gut zum Üben.« Justus lächelte, doch seine Augen waren ernst und beobachteten David Miller genau.

»Aber was wollt ihr denn hier?«, rief der junge Mann.

»Lassen Sie nur«, sagte der Colonel. »Die Jungs wollen zusehen! Und weil die drei mir gestern sehr geholfen haben, sind sie heute meine Gäste.«

»Danke, Colonel!«, sagte Justus.

»Los, los jetzt und keine Zeit verschwenden«, lachte dieser. »David, du nimmst meine gelbe Cessna. Den Tank haben wir ja schon gefüllt und geprüft. Heute wird bestimmt nichts schiefgehen!« David Miller nickte und schob den alten Mann im Rollstuhl aus dem Schuppen.

»Seht ihr das?« Justus deutete auf die hintere Hosentasche des jungen Mannes, in der, von einem Hemd halb verborgen, ein Funkgerät steckte. »Er hat mit jemandem Verbindung.«

»Und ich kann mir auch sehr gut denken, mit wem«, flüsterte Peter. »Bestimmt mit diesem dicken Kerl in der schwarzen Limousine. Der ist irgendwo in der Nähe, um die ganze Aktion zu überwachen.«

»Ja«, meinte Bob. »Nur leider wissen wir nicht, wo.«

»Das finden wir schon noch heraus«, sagte Justus. »Kommt, Freunde, lasst uns den Himmelsradierer auspacken. Wir müssen bereit sein, wenn es so weit ist.«

Kampf in den Wolken

Tatsächlich vergingen die nächsten Stunden wie im Flug. Während Colonel Edwards seinen Schüler zu einem Probeflug in den Himmel schickte, den dieser bravourös meisterte, übten die drei ??? den Umgang mit ihrem Himmelsradierer.

»Peter, versuch alles nachzumachen, was Miller oben am Himmel fliegt!« Bob fuhr mit dem Zeigefinger die Schleifen und Kringel nach, die der junge Pilot scheinbar mühelos bewältigte.

»Das ist gar nicht so einfach!« Peter, der die Fernsteuerung in den Händen hielt, drehte sich automatisch in jeder Kurve mit und wirkte dabei wie ein wild gewordener Balletttänzer.

»Du machst das wirklich gut«, sagte Justus beeindruckt. »Ich bin mir zwar nicht sicher, ob ich mich selbst auch so drehen und winden würde. Aber es scheint dir bei der Steuerung zu helfen.« Peter sah den Anführer der drei ??? stirnrunzelnd an. »Wie meinst du das, Just?«

»Na, du machst mit dem Körper alle Formen nach, die Miller mit dem Flugzeug am Himmel beschreibt. Du siehst aus wie eine Schlange, die den Bewegungen des Schlangenbeschwörers folgt.« Justus grinste.

»Genau das mache ich auch«, verteidigte sich Peter. »Ich muss mich dabei bewegen, sonst geht das nicht. Nicht jeder ist so unbeweglich wie du und macht alles nur mit seinem Gehirn.«

»Freunde!«, rief Bob. »Das ist ganz normal. Fast jeder, der ein ferngesteuertes Gefährt bewegt, legt sich mit in die Kurven. Also streitet euch nicht.«

Dann war es so weit.

David Miller landete, und Colonel Edwards gab seinem Schüler die letzten Instruktionen. »David, das war wunderbar«, rief er. »Sie sind der geborene Himmelsschreiber. Wirklich gut!«

»Danke, Sir!« David Miller lächelte vergnügt. »Ich habe ja auch jeden Ihrer Flüge studiert. Ich habe also alles von Ihnen gelernt.«

»Dann sind wir so weit.« Colonel Edwards rollte in die Werkstatt und holte seinen Kalender, in dem er sich den Werbespruch notiert hatte. »Damit ich diesmal auch wirklich keinen Fehler mache«, erklärte er dem jungen Piloten. »Sehen Sie es sich bitte noch einmal an. Hier steht es: CALL MERKUR 12. Das habe ich mir genau gemerkt, denn heute ist der Zwölfte des Monats!«

David Miller nickte. »Das ist leicht zu behalten. CALL MERKUR und eine Eins und eine Zwei. Das werden auch die Leute am Boden verstehen. Call heißt RUF AN, und dann kommen die entsprechenden Telefontasten. Ich bin sicher, dass ich die Botschaft gut in den Himmel schreiben werde.«

Colonel Edwards lächelte. »David, Sie hat mir der Himmel geschickt. Es geht darum, die Schrift so hoch wie möglich in die Luft zu setzen. Von Rocky Beach aus wird man sie über viele hundert Meilen weit sehen. Mein Auftraggeber wird begeistert sein.« Colonel Edwards lachte. »Und David, Sie bekommen natürlich die Hälfte des Honorars.«

David Miller machte große Augen. »Sie wollen mir Geld geben?«

»Natürlich, David! Eigentlich müssten Sie sogar alles bekommen. Aber ich brauche einen Teil, um meine rote Cessna zu reparieren. Sie ist mir durch meinen Fehler beim gestrigen Flug kaputtgegangen.«

Der junge Pilot sah plötzlich gar nicht mehr so selbstsicher aus. »Äh …«, stotterte er. »Also, wirklich … etwas von dem … von Ihrem Geld?«

»Aber ja!«, rief der alte Pilot. »Wir fliegen doch auch, um davon zu leben.«

David Miller hob abwehrend die Hände. »Nein,

äh … nein, Sir! Nein, Colonel Edwards, das will ich nicht.«

Der Colonel sah auf seine Uhr. »Darüber reden wir später. Jetzt geht es los. Geben Sie Ihr Bestes, und schreiben Sie die Botschaft in den Himmel.« Er sah David Miller mit glänzenden Augen an. »Los, Junge, auf in den Himmel! Auf in die Freiheit! Du wirst das glänzend machen.« Der Colonel siezte seinen Helfer auf einmal nicht mehr, sondern war in ein persönliches Du gefallen. Die drei ??? konnten sehen, dass das David Miller stolz machte. Er hörte dem alten Piloten mit rot glühenden Ohren aufmerksam zu, als dieser fortfuhr: »Von heute an gehörst du zum Volk der fahrenden Himmelsschreiber. Und von denen gibt es nicht mehr viele. Du musst wissen, David, der schönste Moment des Himmelsschreibens ist, zu fliegen und die Leute zum Staunen zu bringen. Und jetzt: Guten Flug!«

Der Colonel rollte seinem Schüler voran aus dem Schuppen Richtung Flugzeug. Während David Miller in die gelbe Cessna kletterte, flüsterte

Justus seinen Freunden zu: »Colonel Edwards' Liebe gilt wirklich dem Fliegen und dem Himmelsschreiben. Ihm ist nicht wichtig, was er schreibt. Das mag vielleicht nicht immer klug sein, aber es zeigt, wie der Colonel wirklich ist.«

Bob nickte. »Manchmal müssen wir mit den Dingen, die wir lieben, Sachen tun, die wir nicht so toll finden.«

Peter nickte. »Ja, weil jeder sich das nötige Geld zum Leben verdienen muss.« Er überlegte. »Aber ich würde als Himmelsschreiber trotzdem niemals eine Botschaft schreiben, die ich falsch finde. Zum Beispiel, dass alle anfangen sollen, nur noch weißen Zucker zu essen oder zu rauchen.«

Justus sah seinen Freund an. »Du hast recht, Peter! Man sollte immer seinem Gewissen folgen. Und genau das werden wir jetzt auch tun. Wir werden für Gerechtigkeit kämpfen. Egal, was David Miller vorhat. Wir werden ihn überführen, wenn er eine Untat begeht.«

In diesem Moment deutete Bob auf den jungen

Piloten. Dieser hatte hinter dem Steuerknüppel der Cessna Platz genommen und wandte sich jetzt plötzlich zur Seite, sodass Edwards ihn von seinem Rollstuhl aus nicht sehen konnte. Dann zog er sein Funkgerät aus der Tasche und schaltete es mit einem schnellen Griff ein. Dabei wirkte er allerdings gar nicht glücklich.

»Habt ihr das gesehen, Freunde?«, flüsterte Bob.

»Ja«, antwortete Justus. »Bestimmt bekommt er über Funk seine Anweisungen. Und ich ahne auch, von wem.« Justus sah sich um. Hinter ihnen im Schuppen stand ein großes Funkgerät. »Los, da rüber, wir müssen hören, was er gesagt bekommt.«

Rasch ging er zum Apparat und schaltete ihn ein. Dann begann er, die Frequenzen abzusuchen. »Aber Miller sagt doch gar nichts«, rief Peter, der Justus gemeinsam mit Bob gefolgt war.

»Aber er wird bestimmt gleich etwas gesagt bekommen. Und das will ich hören!« Justus suchte weiter.

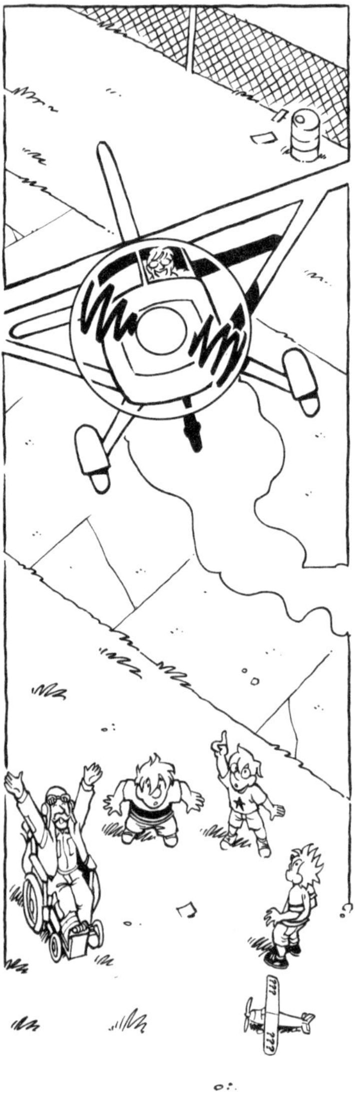

Colonel Edwards winkte dem jungen Piloten zu: »Und Start, David! Es geht hoch in den Himmel!« Miller nickte. Er ließ den Motor an, und die Cessna rollte über die Piste. Im nächsten Moment war er schon in der Luft. Die drei ??? beobachteten, wie der junge Pilot begann, Kreise am Himmel zu ziehen. Dann schoss er plötzlich in die Höhe, zog seine Maschine senkrecht nach oben und fing an, mit einem spektakulären Manöver die Werbebotschaft zu schreiben. Buchstabe für Buchstabe erschien weiß im Blau des Himmels.

»CALL MERKUR, ja!«, jubelte Colonel Edwards. »Das machst du wunderbar, David!« Doch dann stockte dem alten Piloten der Atem. Denn statt eine Eins zu schreiben, schrieb der junge Pilot eine Zwei.

»Was macht er denn da?«, rief Colonel Edwards entsetzt. »Er schreibt die falsche Zahl! Wir haben den Text doch eben noch besprochen!«

»Unsere Stunde ist gekommen«, verkündete Justus. »Los, Peter!« Dieser nickte und startete den Himmelsradierer. Schnell lenkte er das knatternde Modellflugzeug in die Höhe. »Du musst genau hinter die Cessna kommen«, rief Bob. »Und du musst die Zwei ausradieren. Lass die Propeller sausen!«

Peter biss sich angestrengt auf die Lippen. Es war nicht leicht, die kleine Maschine so punktgenau zu steuern. Doch er schaffte es. Wie eine Rakete brachte er das kleine Flugzeug auf die richtige Bahn. Und es gelang ihm, mit dem Wind des Propellers die Zwei am Himmel zu löschen.

Wie von Geisterhand löste sich die Zahl auf, noch während David Miller dahinter die Eins schrieb.

»Bravo!«, jubelte Justus, der weiterhin am Funkgerät drehte und den richtigen Kanal suchte. »Und jetzt musst du schnell mit unserer Himmelstinte eine Eins schreiben.«

Peter legte sich in die Kurve. Dabei drückte er auf einen Knopf an der Fernbedienung und ließ den Rauch austreten. Dann malte er, ein bisschen krakelig, aber lesbar, eine große Eins in den Himmel. David Miller merkte nichts davon. Er war fast fertig, seine Eins zu schreiben, als Peter diese auszuwischen begann und stattdessen eine Zwei an den Himmel setzte.

»Genial, Peter!«, rief Bob. »Du bist schneller als er!«

Colonel Edwards rieb sich die Augen. »Was war das denn? Da stand doch eben noch 21, und jetzt steht da 12, so wie es sein soll. Was ist denn nur mit meinen Augen los? Ich werde wirklich alt.«

»Nein, Sir«, rief Bob ihm zu. »Es ist alles in Ordnung mit Ihren Augen. Hier versucht jemand, Sie reinzulegen. Aber das verhindern wir gerade!«

Doch Colonel Edwards schüttelte stumm den Kopf. »Das ist schrecklich«, keuchte er. »Ich glaube, ich werde verrückt.« Er drehte sich um und rollte ins Haus.

»Er kann nicht mehr«, sagte Bob mitfühlend.

»Wir kümmern uns später um ihn«, rief Justus. »Jetzt müssen wir hier weitermachen.« Im selben Augenblick tönte eine dunkle Stimme aus dem Lautsprecher des Funkgeräts. Justus hatte den richtigen Kanal gefunden. Die drei ??? kannten die tiefe Stimme. Es war der dicke Mann vom Schrottplatz. »Was machen Sie denn da, Miller?«, brüllte er. »Ich habe doch gesagt 21! Nicht 12! Sie verdammter Idiot! Können Sie keine Eins von einer Zwei unterscheiden?«

»Doch, natürlich«, kam es aus dem Funkgerät zurück. »Ich habe alles richtig gemacht. Aber irgendetwas passiert hinter mir. Da fliegt etwas herum. Es brummt wie eine dicke Hummel.«

»So ein Quatsch!«, dröhnte es aus dem Funkgerät. »Hummeln fressen keine Zahlen am Himmel. Reden Sie sich nicht raus. Und machen Sie den Fehler wieder gut! Wischen Sie die falschen Zahlen weg. Mit Ihrem Propeller muss das doch gehen! Schreiben Sie die Botschaft auf der Stelle neu.«

»Ja, Sir!«

»Mist!«, schimpfte Justus, »der dicke Mann weiß, wie man Himmelsschrift ausradiert. Und die Cessna ist viel größer als unser kleiner Himmelsradierer. Freunde, wir müssen uns schnell etwas anderes einfallen lassen.«

Wolkenmonster

»Und was?« Bob zeigte nach oben, wo David Miller mit seinen großen Propellern die 12 wegwischte. Justus zögerte nicht. »Ich habe eine Idee! Gib mir mal die Fernsteuerung, Peter.«

Peter reichte Justus das Gerät und dieser dirigierte das kleine Flugzeug direkt hinter die Cessna. Dann begann er, einen breit grinsenden Smiley in den Himmel zu malen.

»Was soll das denn?«, rief Peter.

»Das wirst du gleich merken«, lächelte Justus. »Ein lächelndes Gesicht scheint mir eine gute Methode, einen so aggressiven Angreifer in die Schranken zu weisen. Und es ist leichter zu zeichnen als irgendwelche Buchstaben und Zahlen.«

Bob grinste. »Ja, das ist wirklich nicht schlecht. Du malst den Smiley einfach über die Buchstaben.«

Doch in diesem Moment dröhnte die tiefe Stimme böse aus dem Funkgerät. »Miller, sehen Sie nicht, was da passiert?«

»Nein!«, rief Miller. »Hier ist alles voller Rauch! Was ist denn los?«

»Irgendjemand fuhrwerkt da oben herum!«, schrie der dicke Mann. »Und jetzt schrauben Sie gefälligst Ihre Maschine auf Hochtouren und zeigen Sie mir, dass Sie der Stärkere sind!«

Der junge Pilot seufzte. »Aber Sir«, rief er, »man darf es mit der Himmelsschreiberei nicht übertreiben! Wenn man zu viele Zeichen in den Himmel malt, kann es zu Autounfällen auf der Straße kommen, weil alle nach oben starren. Für so etwas gibt es Beispiele in der Geschichte. Die Autofahrer sahen die Botschaften am Himmel, achteten nicht mehr auf die Straße und krachten ineinander.«

»Ach ja?«, dröhnte die dunkle Stimme. »Umso besser, Miller! Das klingt nach einem gewaltigen Blechschaden, der da entstehen könnte! Das kann der alte Trottel Edwards bestimmt nicht bezahlen. Und dann muss die Merkur die Kosten übernehmen, denn die Firma hat den Piloten schließlich beauftragt. Und offiziell fliegen Sie schließlich für ihn und damit für die Merkur. Ha! Ich befehle Ihnen Folgendes: Malen Sie etwas Furchteinflößendes in den Himmel! Eine Teufelsfratze zum Beispiel. Machen Sie etwas, das die Leute erschreckt und zu möglichst vielen Unfällen führt! Los, Miller, weisen Sie diesen Smiley-Gangster in die Schranken.«

»Gangster! Er nennt uns Gangster!«, rief Peter. »Dabei ist er doch selber einer!«

»Ja«, nickte Justus. »Er will um jeden Preis gewinnen.«

»Solche Leute sind gefährlich«, meinte Bob. »Sie denken nicht an andere. Sie denken nur an sich selbst. Just, darauf dürfen wir uns nicht einlassen. Wenn es wirklich zu Unfällen auf den Straßen Kaliforniens kommt, tragen auch wir dafür Verantwortung.«

Justus sah Bob und Peter an. »Ihr habt recht«, sagte er dann. »Wir müssen uns zurückziehen. Wir dürfen niemanden in Gefahr bringen.«

Justus bediente die Fernsteuerung und lenkte das kleine Flugzeug Richtung Erde. Dahinter flog die gelbe Cessna und begann nun, dem Smiley ein böses Gesicht mit rollenden Augen zu malen und ihn in eine Fratze zu verwandeln.

Justus landete den Himmelsradierer. Dann blickte er wieder nach oben. Doch kaum war das erste Auge der Fratze fertig, geriet die kleine gelbe Maschine plötzlich außer Kontrolle. Sie geriet ins Trudeln und zog einen weißen Rauchstreifen mitten durch das gemalte Gesicht. Im selben Moment klang David Millers Stimme ängstlich aus dem Funkgerät. »Sir!«, rief er. »Sehen Sie das?«

»Warum machen Sie nicht weiter?«, schimpfte der dicke Mann.

»Weil ein unglaublicher Wind aufkommt!«, rief Miller zurück. »Da kommt ein Unwetter! Hier oben stürmt es bereits gewaltig. Ich muss den Flug abbrechen!«

»Ich warne Sie«, brüllte es aus dem Funkgerät. »Wenn Sie landen, bevor es hier unten auf den Straßen ordentlich kracht, sorge ich dafür, dass Sie Ihre Pilotenlizenz verlieren.«

»Aber da kommt ein Sturm! Ein furchtbares Gewitter!«

Über dem Pazifik hatten sich dunkle Wolken gebildet, die schnell näher kamen. »Wunderbar!«, rief die dunkle Stimme. »Nutzen Sie die Wolken! Los, Sie haben doch bestimmt als Kind Malbücher gehabt. Machen Sie aus diesen schwarzen Wolken richtig fiese Monstergesichter. Die Leute sollen denken, die Merkur sei eine ganz gemeine Firma.« Die tiefe Stimme begann, sich vor Eifer zu überschlagen. »Ha! Das ist gut! Dann werden die Autofahrer alle in den Himmel starren und zusammenstoßen. Sie werden Unfälle bauen und die Straßen in Schrottberge verwandeln. Haha! Die Merkur wird pleitegehen! Los, Miller, nutzen Sie die dunklen Wolken!«

Die drei ??? konnten hören, wie der junge Pilot nach Luft schnappte. Offenbar traute er sich nicht, noch etwas zu sagen.

»Er hat Angst vor seinem Auftraggeber!«, rief Bob, denn im nächsten Moment zeichnete David

Miller eine fiese Monsterfratze in den Himmel. Und dann geschah etwas Unheimliches. Kaum war das finstere Fratzengesicht fertig, zuckte direkt aus einem der schwarzen Wolkenaugen ein heller Blitz. »Das Gewitter bricht los«, flüsterte Peter. Tatsächlich begannen weitere Blitze aus den dunklen Wolken zu leuchten, und tiefer Donner grollte.

»Das sieht ja aus wie die Antwort des Himmels auf diese verruchte Tat«, sagte Justus. »Seht nur, der Wind reißt alles auseinander, und die Fratze verschwindet.«

»Oh nein!«, brüllte Peter. Er wies in den Himmel. »Miller ist da oben in Turbulenzen geraten. Hoffentlich stürzt er nicht ab!«

Inmitten der Wolkenmonsterfratze kämpfte der junge Pilot ganz offensichtlich um sein Leben. Die Cessna trudelte und warf sich nach rechts und links. Gleichzeitig tönte es dunkel aus dem Lautsprecher: »Miller, das machen Sie großartig! Das ist die Show des Jahrhunderts!«

»Ich breche jetzt ab«, keuchte der junge Pilot.

»Das werden Sie nicht!«, brüllte sein Auftraggeber. »Wenn Sie das wagen, bekommen Sie keinen Cent. Und nie wieder einen Auftrag, ist das klar?!«

Doch David Miller antwortete nicht mehr. Sein Flugzeug war außer Kontrolle geraten. Und dann vernahmen die drei ??? plötzlich doch noch einmal die dünne Stimme des jungen Mannes aus dem Lautsprecher. »Hilfe! Sir! Der Sturm hat mich gepackt! Ich brauche Hilfe! Mayday, Mayday! Hilfe!«

Doch diesmal antwortete die dunkle Stimme nicht.

»Er ist weg! Der Boss ist abgehauen! Er holt keine Hilfe!«, keuchte Peter. Im nächsten Moment sauste die kleine Maschine in engen Kreisen auf den Ozean zu.

»David Miller stürzt ab!«, rief Bob. »Er ist zu lange oben geblieben. Er hätte längst landen müssen. Los, Freunde, wir müssen ihn retten!«

Licht im Dunkel

Die drei ??? beobachteten, wie das von dem gewaltigen Sturm geschüttelte Propellerflugzeug über dem Ozean niederging. Im letzten Moment sprang eine Gestalt mit einem Fallschirm ab. »Was auch immer David Miller getan hat, wir müssen ihn retten!«, rief Peter. »Die *Mathilda*! Wir müssen zu Onkel Titus' *Mathilda.*« Damit meinte er nicht Justus' Tante, sondern das kleine Motorboot, das Titus Jonas im Hafen liegen hatte.

»Das schaffen wir aber nicht rechtzeitig!«, rief Bob.

Auch Justus schüttelte den Kopf. »Der Sturm hat das Land erreicht, das schaffen wir niemals! Nein, wir machen es anders ...« Justus griff nach dem Mikrofon des Funkgerätes und suchte die richtige Frequenz. Als er sie gefunden hatte, rief er: »Spezialeinheit an Kommissar Reynolds! Spezialeinheit an Reynolds!« Sofort darauf knackte es im Gerät. Dann meldete sich der Kommissar: »Justus,

was ist los? Ich drehe hier gleich durch! Der Sturm wirbelt alles durcheinander, und dann war da am Himmel gerade so eine merkwürdige Erscheinung. Fast wäre es in der Stadt zu Unfällen gekommen …«

»Ich weiß«, unterbrach ihn der Anführer der drei ???. »Sir, es ist dringend. Haben Sie das Flugzeug am Himmel gesehen?«

»Ja! Ist das Edwards?«

»Nein!«, rief Justus. »Die Maschine wurde von dem jungen Piloten David Miller geflogen. Und er ist gerade in den Ozean gestürzt.«

»Ich schicke sofort die Küstenwache hin«, versprach Reynolds.

Justus sah seine Freunde an. »Los, machen wir uns auf den Weg!« Die Freunde holten ihre Räder und warfen sich gegen den Wind in die Pedale.

Als sie den Hafen erreichten, steuerte das Boot der Küstenwache bereits auf sie zu. An der Reling stand eine in eine graue Decke gehüllte Gestalt. Es war David Miller. Dankbar sah er den drei ??? entgegen. Er hob die Hand, als das Boot anlegte. »Danke«, sagte er, als er in Hörweite war. »Reynolds hat mir über Funk alles erzählt. Ihr habt mich gerettet.«

»Und Sie«, entgegnete Justus, »haben Colonel Edwards betrogen!«

Miller nickte bleich. »Ja, das habe ich. Das war ein schlimmer Fehler. Aber ich hatte Angst vor Mr Rocks.«

»Das muss der Mann mit der tiefen Stimme sein«, sagte Peter.

Miller nickte. »Ihm gehört die Global-Phone. Er hat mich beauftragt. Er hat auch den Zeitzünder in Colonel Edwards' Tank eingebaut. Ehrlich, das war nicht ich.«

»Aber Sie haben mitgemacht«, sagte Justus. »Dennoch: Sie haben eine Chance, Ihren Fehler wiedergutzumachen!« Neugierig sah ihn David Miller an.

Die Freunde begleiteten David Miller daraufhin zu Kommissar Reynolds, der den jungen Mann noch einmal ausführlich verhörte. Und Miller gestand alles. Dann ließ Reynolds Colonel Edwards holen und erklärte diesem die ganze Geschichte. Der alte Pilot war sehr froh, dass er selbst keinen Fehler gemacht hatte. »Was für eine Gemeinheit!«, murmelte er immer wieder vor sich hin. Dann blickte er David Miller in die Augen und fragte: »Ist es wahr, dass Sie das alles für Geld getan haben?«

»Ja ... auch«, nickte dieser. »Rocks hat versprochen, mir ein Flugzeug zu kaufen. Ich wollte schon immer Himmelsschreiber werden. Aber ich habe den falschen Weg gewählt.«

»Das kenne ich«, sagte Edwards daraufhin. »Ich weiß, dass man als Pilot immer um Geld kämpfen muss. Aber hören Sie mal, Miller, oder soll ich doch besser beim Du bleiben?«

»David, bitte!« David Miller lächelte zaghaft.

»Gut, David! Wenn du mir versprichst, in Zukunft anständig zu bleiben, dann gebe ich dir eine zweite Chance. Denn du bist wirklich ein guter Himmelsschreiber.«

David Miller lächelte. »Ja, das verspreche ich.«

Einige Stunden später standen die drei ??? vor dem Haus von Mr Rocks, dem Chef der Global-Phone. Die grüne Villa war von Palmen umsäumt. »Es ist wirklich toll von Edwards, dass er dem jungen Piloten verziehen hat«, sagte Peter, während die drei Detektive die grüne Villa beobachteten.

»Manchmal können Menschen das«, stimmte Bob ihm zu. »Ihr kennt doch Bruce Lee, diesen großen Kampfkünstler? Er hat einmal gesagt: ›Jeder Fehler ist verzeihbar, wenn derjenige, der ihn begangen hat, den Mut hat, ihn zuzugeben.‹«

»Und das hat David Miller geschafft«, nickte Justus. »Aber jetzt lasst uns den Fall zu Ende bringen.« Er holte das ferngesteuerte Propellerflugzeug aus seinem Rucksack. »Es ist inzwischen dunkel genug.« Er reichte Peter die Fernsteuerung. »Ich habe die Himmelstinte nachgefüllt und mit Colonel Edwards' Hilfe mit einem leuchtenden Rauch versetzt.« Justus reichte Bob ein Funkgerät. »Hier, verbinde dich mit Reynolds, er muss alles mithören! Und jetzt pass auf, Peter, mach Folgendes …«

Wenige Minuten später tauchte am Himmel über der Villa des großen Werbemanagers und Besitzers der Global-Phone eine rätselhafte Botschaft auf. In neonfarbenen Leuchtbuchstaben stand dort zu lesen: »ROCKS CALLS MERKUR 12!«

»Super, Peter«, freute sich Justus.

Im selben Moment wurde die Tür der Villa aufgerissen, und ein wütender Mr Rocks schoss he-

Rocks calls Merkur. 12
???
???

raus. »Miller!«, brüllte er. »Miller, was Sie da treiben, geht zu weit!«

Justus grinste. »Ganz, wie ich es mir gedacht habe. Er denkt, es sei David Miller, der die Botschaft an den Nachthimmel schreibt.«

»Aber warum denn?«, rief Justus laut aus der Dunkelheit zurück. »Sie haben mir doch gesagt, ich bekomme mein Geld und mein Flugzeug nur, wenn ich MERKUR 21 an den Himmel schreibe.«

»Sie Trottel!«, brüllte Rocks. »Da steht aber nicht MERKUR 21. Da steht MERKUR 12! Das ist nicht unsere Botschaft. Jetzt rufen alle bei der Merkur an statt bei uns. Und was soll mein Name da am Himmel?«

»Ich dachte, Sie freuen sich, wenn jeder weiß, dass Sie hinter der Sache stecken«, rief Justus laut. »Und dass Sie den Zeitzünder in Edwards' Tank gebaut haben, schreibe ich auch gleich dazu.«

»Das werden Sie lassen! Das darf niemand wissen!«, schrie Rocks. Im selben Moment meldete sich Kommissar Reynolds aus dem Funkgerät:

»Danke, meine liebe Spezialeinheit. Ich habe alles mitgehört. Das und die Aussage von David Miller sind ausreichend. Mr Rocks hat sich soeben selbst überführt. Ich werde jetzt kommen und ihn abholen. Auf ihn warten ein paar Jahre Gefängnis.«

»Gut«, sagte Justus. »Danke, Sir!« Dann wandte er sich Peter zu. »Könntest du unserem Gangster noch ein Abschiedszeichen in den Himmel schreiben?«

»Klar!« Peter lachte. »Mit Vergnügen!«

Und dann malte er drei leuchtende Fragezeichen in den dunklen Nachthimmel, die dort so lange prangten, bis Kommissar Reynolds den Gangster abführte.

Geheimnis im Meer

Erzählt von Ulf Blanck

Mit Illustrationen von Harald Juch

Die drei ??? *Kids* Geheimnis im Meer

Angelausflug

Es war ein strahlend schöner Sommertag. Justus, Peter und Bob trafen sich an diesem Morgen schon recht früh am kleinen Fischereihafen von Rocky Beach. Hungrige Möwen saßen auf den Blechdächern der Fischerhütten und warteten darauf, dass eines der Boote vom Meer zurückkam. Justus Jonas stellte sein Rad an der Kaimauer ab und wischte sich den Schweiß von der Stirn. »Ich bin froh, wenn wir gleich auf dem Wasser sind. Heute ist der heißeste Tag des Jahres.« Bob Andrews nickte zustimmend. »Wahrscheinlich sogar der heißeste in den letzten hundert Jahren. Gute Idee, zum Angeln rauszufahren.«

»Stimmt«, grinste Peter Shaw, »Justs Ideen sind immer gut, nur leider führen sie uns meistens direkt in ein gefährliches Abenteuer.« Bob klopfte seinem Freund auf die Schulter. »Nun mach dir nicht in die Hose. Was soll denn passieren? Wir fahren mit dem Boot raus, angeln ein paar Fische, und nach drei Stunden sind wir zurück im sicheren Hafen. Besser können die Ferien nicht beginnen.«

Vor ihnen fuhr jetzt eine weiße Jacht an der Kaimauer vorbei hinaus aufs Meer. Justus blinzelte gegen die Sonne. »Es ist selten, dass sich so eine teure Jacht in unseren Fischereihafen verirrt. Wo die wohl hinwollen?«

Dann schloss der Erste Detektiv sein Rad ab und betrat den wackeligen Holzsteg. Hier lag das kleine Angelboot von Onkel Titus, die *Mathilda*. Bob ging als Erster an Bord. »Ist wirklich nett von deinem Onkel, dass wir allein mit dem Boot rausfahren dürfen, Just.«

»Finde ich auch. Aber erstens sollen wir die ganze Zeit Schwimmwesten tragen, und zweitens müssen wir die Hälfte unseres Fangs abgeben. Onkel Titus ist und bleibt ein guter Geschäftsmann.«

Schnell hatten sie die Leinen losgemacht und tuckerten wenig später aufs offene Meer hinaus. Am Ende der Kaimauer stand Ernesto Porto, der Hafenmeister, und winkte ihnen hinterher. »Petri

Heil, Jungs! Wenn ihr ein Seeungeheuer an die Angel bekommt, dann springt schnell über Bord. Die mögen es nicht, wenn man sie ärgert.«

Bob tippte sich an die Stirn. »So ein Quatsch! Es gibt keine Seeungeheuer.«

»Das meint ihr«, lachte Porto zurück. »Ihr habt ja keine Ahnung, welche Geheimnisse tief im Meer auf euch warten. Passt auf euch auf!«

Es war fast windstill, und der Pazifische Ozean breitete sich vor ihnen wie ein glatter Spiegel aus. Peter sortierte die Angeln. »Ich hoffe, wir fangen heute etwas. Am besten eine schöne Makrele.« Justus drehte den Gashebel des Außenbordmotors noch weiter auf. »Oh ja, die legt dann Onkel Titus am Abend auf den Grill, und Tante Mathilda macht Bratkartoffeln dazu. Ich habe übrigens heute meine neuen Spezialköder dabei.«

»Hoffentlich keinen lebendigen Regenwurm«, rief Peter gegen den Motorenlärm an und verzog das Gesicht. »Quatsch, das ist was viel Besseres. Ein Geheimtipp von Onkel Titus. Hier: Marshmallows.«

»Marshmallows?«, wiederholte Bob ungläubig. »Wieso sollten Makrelen da anbeißen? Ich glaube, dein Onkel hat dir Blödsinn erzählt.«

»Egal. Wir probieren es aus. Und wenn die Makrelen keine Marshmallows mögen – ich mag die auf jeden Fall.«

Alle drei lachten, und gut gelaunt ließen sie den Hafen hinter sich. Justus steuerte die *Mathilda* dicht an der Küste entlang Richtung Süden. Gleichmäßig klatschten die Wellen gegen die Felsen der Steilküste. An einigen Stellen gab es kleine sandige Buchten. Schon oft hatten sich die Freunde hier zum Baden und Surfen getroffen.

Peter schmierte sein Gesicht mit Sonnencreme ein. »Sagt mal, was meinte Porto eigentlich eben mit den Geheimnissen im Meer? Ich dachte, das ist schon alles erforscht?« Bob wusste es besser. »Nein, ganz im Gegenteil. Die Erde besteht zu zwei Dritteln aus Wasser, und fast die gesamte Meeresfläche ist noch unerforscht. Nur über etwa fünf Prozent weiß man Bescheid. Das ist gerade mal so viel wie ein Glas Wasser in der Badewanne. Ich hab das in einem Buch über Ozeane gelesen.«

Peter schraubte den Deckel seiner Sonnencremetube wieder zu und beugte sich über die

Bordwand. »Dann möchte man eigentlich gar nicht im Meer baden. Vielleicht gibt es dort krakenartige Wesen mit spitzen Zähnen und Saugnäpfen zwischen den Augen?« Er zog eine lustige Grimasse und streckte die Arme aus. Justus hatte sich gerade eines der Marshmallows in den Mund gestopft und verschluckte sich fast vor Lachen. »Oder Glibberquallen mit grünen Glubschaugen. Ich kann mir gut vorstellen, dass tief unten im Meer noch viele Geheimnisse warten.«

»Mir egal«, grinste Peter. »Solange die dort unten bleiben, ist es für mich in Ordnung.«

Das Ziel der drei ??? war ein kleiner Felsen, der unweit der Küste aus dem Wasser ragte. Schon oft hatten sie hier Fische gefangen. Justus stoppte den Motor, und von nun an trieben sie geräuschlos über das Wasser. Der kleine Felsen war ausschließlich von Möwen bewohnt, die sie argwöhnisch beobachteten.

Seltsamer Fang

Als die *Mathilda* langsam um die kleine Insel herumtrieb, machte Justus eine Entdeckung. »He! Seht mal! Dort vorn ankert die weiße Jacht, die vorhin aus dem Hafen gefahren ist.« Bob rückte seine Brille zurecht. »Stimmt. Vielleicht wollen die hier auch auf Makrelenfang gehen? Und ich dachte, diese Stelle wäre ein Geheimtipp.« Peter schüttelte den Kopf. »Nein, dort drüben angelt niemand. An Deck ist keiner zu sehen. Seltsam.«

Anschließend bereiteten sie ihre Angeln vor und warfen die Schnüre mit den Haken aus. Schnell zeigte sich, dass Onkel Titus' Tipp mit den Marshmallows ein Witz gewesen war, denn die klebrige Masse löste sich im Wasser auf und der weiße Zuckerschaum schwamm auf dem Meer. Zwei gierige Möwen hatten das sofort entdeckt und schnappten sich die ungewöhnliche Beute.

»Hab ich's doch gesagt«, triumphierte Bob. »Dein Onkel hat dir einen Bären aufgebunden,

Just. Hier, nimm einen von meinen Gummiködern. Die funktionieren prima.«

Die nächste Zeit schwiegen die drei Freunde und waren mit dem Angeln beschäftigt. Peter ertastete immer wieder mit Daumen und Zeigefinger die dünne Angelschnur. »Ich glaube, heute haben wir Glück. Ich meine, dort unten knabbern schon einige Fische am Köder.« Dann plötzlich hatte er Gewissheit. »Da! Bei mir hat einer angebissen!« Aufgeregt holte er die Schnur ein und drehte vorsichtig an der Angelkurbel. »Oh Mann! Das muss ein fetter Bursche sein, so wie der zieht. Eine Monstermakrele.«

Justus hatte schnell seine eigene Angel gesichert und versuchte, Peter zu helfen. »Wahnsinn! Die Schnur reißt fast. Das ist nie im Leben eine Makrele. Was hast du da nur am Haken?« Peter wurde blass. »Sollten wir nicht lieber die Schnur abschneiden? Ich will gar nicht sehen, was wir da aus dem tiefen Meer nach oben ziehen.« Bob schnappte sich den großen Kescher. »Nichts da! Vielleicht ist das ein unentdeckter Urzeitfisch. Wer so etwas fängt, wird berühmt. Man darf dann dem Fisch einen Namen geben. Wie wär's mit Bobfisch?«

Meter um Meter holte Peter die Schnur ein und blickte vorsichtig aufs Wasser. »Gleich müssten wir was sehen«, stöhnte er und hielt krampfhaft mit beiden Händen die Angel fest. Bob tauchte den Kescher ein. »Nicht nachlassen, Peter! Unser Fang darf nicht im letzten Moment abreißen. Da! Das

ist ein riesiger Fisch!« Auch Justus beugte sich über die Bordkante. »Und was für einer! Man erkennt bisher nur den Schwanz. Aber seltsam: Ich sehe lauter Glitzerschuppen.« Peter wich ein Stück zurück. »Wisst ihr was? Ich hab plötzlich keinen Hunger mehr auf Grillfisch. Kann deine Tante nicht heute Pfannkuchen backen?« Bob übernahm jetzt die Angel. »Quatsch! Das ist der Fang unseres Lebens.« Justus beugte sich noch weiter vor. »Und jetzt sehe ich ... nein, das gibt's doch nicht ... leuchtend rote Haare und einen Kopf.«

In diesem Moment schoss eine Hand aus dem Wasser. Die drei ??? fielen vor Schreck nach hinten und landeten zwischen den Angeln, Tauen und einem alten Fischernetz. Eine zweite Hand war nun zu sehen, packte die Bordwand, und der Kopf eines Mädchens schob sich nach oben. Wasser perlte an ihren langen Haaren ab. Dann spuckte sie einen dünnen Wasserstrahl durch ihre roten Lippen und grinste die drei Freunde an. »Guten Morgen. Ihr wollt mich doch nicht etwa essen, oder?« Bob wurde knallrot. »Was? Wie? Wer ... wer bist du?«, stotterte er. Im selben Moment tauchte neben dem Mädchen ein glitzernder Fischschwanz auf. »Sieht man das nicht? Ich bin eine Meerjungfrau. Ich hab unter Wasser euren Angelköder entdeckt und mich daran festgehalten. Ich wollte wissen, wer am Ende der Schnur ist. Meerjungfrauen sind nämlich sehr neugierig.«

Justus fand als Erster die Worte wieder. »Aber das kann nicht sein. Meerjungfrauen gibt es nur in Märchen.« Die Nixe lachte noch heller. »Na und? Vielleicht ist das hier ein Märchen? Wieso glaubst du nicht, was du siehst?« Justus dachte eine Weile nach, doch ihm fiel keine kluge Antwort ein. Und das geschah recht selten.

Die Meerjungfrau schüttelte ihre nassen Haare und rieb sich das Wasser aus den Augen. »Na schön, ich will euch erlösen. Ich bin natürlich keine echte Meerjungfrau. Der Fischschwanz ist nur ein Kostüm. Ich trainiere gerade für unsere neue Show.«

Bob hatte den Kescher längst losgelassen. »Eine Show? Was für eine Show?«

»Habt ihr davon nicht gelesen? Drüben in der großen Sandbucht wird gerade die größte Aqua-Show Kaliforniens aufgebaut. Ihr müsst euch das wie ein Riesenaquarium vorstellen, in das man von allen Seiten reinschauen kann.«

»Und was wird da aufgeführt?«, fragte Justus.

»Es ist eine Art Musical. Viel Musik und Unterwasser-Ballett. Frei nach dem Märchen von der kleinen Meerjungfrau. Das kennt ihr doch, oder?« Die drei ??? nickten. Jeder von ihnen kannte das Märchen von Hans Christian Andersen.

Die Nixe warf ihr Haar zurück. »Und ich spiele die Hauptrolle. Die Undine. In dem Musical muss ich lange unter Wasser sein und ständig tauchen. Das ist gar nicht einfach mit so einem Fischschwanz. Hier im freien Wasser kann man das am besten trainieren. Dort drüben ist übrigens mein Vater. Seht ihr das Boot hinter der kleinen Insel?«

Bob nickte. »Ja, die weiße Jacht. Wir haben sie schon vorhin im Hafen gesehen.«

»Wenn ihr wollt, stelle ich euch meinem Vater vor. Er hat das Musical entwickelt und ist der Chef des Ganzen. Kommt mit, ich bin für heute sowieso schon lange genug geschwommen.«

Geheimnis im Meer

Die drei ??? waren einverstanden, und Justus startete den Außenbordmotor. »Klingt alles sehr spannend. Fische können wir später noch fangen.«

Nach wenigen Minuten hatten sie die weiße Jacht erreicht. Justus drosselte den Motor und deutete auf den Schriftzug am Bug des Schiffes. »Euer Boot heißt *Helen*?«

Die Meerjungfrau nickte. »Ja, genau wie ich. Mein Vater hat das Schiff nach mir benannt.«

In diesem Moment tauchte ein großer Mann mit einem schneeweißen Bart an Bord auf. »Hallo, Helen«, lachte er. »Wen hast du denn da aus dem Wasser gefischt?«

»Die haben *mich* aufgefischt, Papa. Dürfen die drei an Bord? Ich hab ihnen von der Aqua-Show erzählt.«

»Klar, kommt ans Heck. Dort könnt ihr euer Boot festmachen und über die Badeleiter einsteigen. Gäste sind immer willkommen.«

Anschließend kletterte einer nach dem anderen an Bord, und zum Schluss halfen die drei Freunde Helen. »Danke, mit dem Fischschwanz kann man nicht besonders gut Badeleitern hochkrabbeln.« Bob staunte nicht schlecht. »Wenn ich nicht wüsste, dass es eine Verkleidung ist, dann würde ich wirklich glauben, du seist eine Meerjungfrau.« Helen lachte. »Im Wasser fühle ich mich auch wie eine Nixe. Jetzt bin ich aber froh, wenn ich wieder auf meinen eigenen Beinen stehen kann.« Das Fischschwanz-Kostüm ließ sich mit einem versteckten Reißver-

schluss öffnen, und Helen warf sich anschließend einen Bademantel über.

Ihr Vater kam mit einem Tablett voller Getränke. »Willkommen an Bord. Helens Freunde sind auch meine Freunde. Bedient euch! Bei der Hitze muss man viel trinken.« Bob nahm eine kalte Cola. »Danke schön. Ich bin übrigens Bob, und das sind meine beiden Freunde, Justus und Peter. Nicht schlecht, so eine große Jacht. Kann man darauf auch schlafen?« Helens Vater lachte. »Schlafen ist gut. Wir wohnen darauf. Es ist wie ein schwimmendes Hotel. Überall, wo wir in der nächsten Zeit mit dem Aqua-Musical auftreten, haben wir unser Heim gleich dabei. Ihr müsst nämlich wissen, dass die Shows immer direkt am Strand stattfinden werden. Die nächsten Tage werden wir aber in den Wohnwagen an Land übernachten. Die Zeit vor der Premiere ist immer hektisch, und ich muss ständig vor Ort sein.«

Helen nahm auch eine Cola. »Und die Premiere ist schon morgen. Aber sagt mal: Warum kommt ihr nicht mit zur Sandbucht und seht zu, wie das Riesenaquarium aufgebaut wird?«

Natürlich waren die drei ??? neugierig, was dort in der Bucht vor sich ging. »Klar, das müssen wir uns ansehen«, rief Bob.

Die *Mathilda* wurde am Heck vertäut, und Helens Vater steuerte die weiße Jacht Richtung Strand. Das kleine Angelboot hüpfte dabei auf und ab. Schon nach einer Viertelstunde kam hinter einer Felsnase die sandige Bucht in Sicht. Von Weitem konnte man einen Kran erkennen, der riesige Kunststoffscheiben von einem Lastwagen hievte. Helens Vater erklärte den Aufbau. »Ihr müsst euch das Aquarium wie eine riesige Torte vorstellen. Außen werden die runden Glaselemente zusammengeschraubt. Wenn alles dicht ist, lassen wir das Wasser ein. Das sind mehrere Millionen Liter, die wir direkt aus dem Meer pumpen. Darum kann unsere Show auch nur am Strand stattfinden. Kommt mit an Land! Ihr werdet staunen. Ich ankere hier, denn sonst läuft die Jacht auf Grund.«

Helen und ihr Vater hatten ein eigenes Schlauchboot, um ans nahe Ufer überzusetzen. Die drei ??? nahmen die *Mathilda.* Mit Schwung fuhr Justus das kleine Angelboot auf den flach abfallenden Sandstrand.

Überall in der Bucht herrschte hektisches Treiben. Mehrere Wohnmobile standen am Rand der Felsen, und ein Dutzend Arbeiter waren damit beschäftigt, das riesige Aquarium aufzubauen. Es war fast so groß wie ein Zirkuszelt. Um das runde Aquarium hatte man Stühle und Bänke aufgereiht. An vielen Stellen wehten Fahnen. *GEHEIMNIS IM MEER* war darauf zu lesen. Dies war der Name der Aqua-Show.

Helen führte die drei Jungs in die Mitte des fast fertigen Aquariums. »Ihr müsst euch vorstellen, dass hier bald alles unter Wasser steht. Dort vor uns wird schon die Kulisse aufgebaut. In dem Aquarium gibt es viele Felsen mit bunten Seeanemonen und Korallen. Natürlich alles aus Plastik. Sogar ein echtes Schiffswrack wird gleich mit dem

SEA

Kran abgelassen. Ein richtiges Piratenschiff.« Peter sah sich staunend um. »Und gibt es hier auch Fische?«

»Ja, klar. Und die sind sogar echt. Auf dem großen Lastwagen dort hinten befinden sich Wassertanks mit kleinen Fischen. Später werden sie in das Aquarium umgesetzt.«

Plötzlich hörte man laute Musik am Strand. Durch Lautsprecher dröhnte die Eröffnungsmelodie der Show. Gleichzeitig flackerten helle Scheinwerfer an hohen Lichtmasten auf. Helens Vater nahm ein Megafon in die Hand. »Sehr gut, Leute. Der Soundcheck steht. Das kann morgen zur Premiere ruhig noch etwas lauter werden. Und prüft alles zweimal! Ich will keine Panne erleben. Beeilung! Wir liegen hinter unserem Zeitplan.«

Jetzt kam ein junger Mann in Badehose auf ihn zu. »Mr Lord, ich muss dringend vor der Generalprobe noch einmal das Duett mit Ihrer Tochter üben.« Helens Vater legte ihm die Hand auf die Schulter. »Na klar, Eric. Ich weiß, du spielst das erste Mal bei uns mit. Da ist ein wenig Lampenfieber ganz normal.« Helen lächelte den jungen Mann an. »Ihr müsst wissen, Eric spielt den Prinzen. Im Märchen will ich ihm zuliebe keine Meerjungfrau mehr sein und werde für einen Tag zum Menschen.«

Bob versuchte, sich zu erinnern. »Soweit ich weiß, geht die Geschichte aber nicht gut aus, oder? Verwandelt sich nicht am Ende die Nixe in Meerschaum?« Helen nickte. »Ja, das stimmt. Aber mein Vater hat die Handlung umgeschrieben. Die Zuschauer mögen kein trauriges Ende, und ich auch nicht. So, ich muss jetzt mit Eric zur Gesangsprobe. Seht euch in der Zwischenzeit nur alles an!«

Ihr Vater gab Helen einen Kuss auf die Wange. »Wir sehen uns dann später zur Generalprobe. Heute muss alles klappen. Toi, toi, toi.« Dann wandte er sich an die drei ???. »Sagt mal, Jungs, wollt ihr euch ein paar Dollar dazuverdienen? Ich suche nämlich für die Show noch einige Komparsen.«

»Komparsen? Was ist das denn?«, fragte Peter.

»Das sind kleine Nebenrollen, die ich in der Show einsetze. Keine Angst, ihr braucht nicht singen, tanzen oder sprechen. Ihr müsst nur während des Musicals in verschiedenen Kostümen im Aquarium hin und her schwimmen. Was ist? Es gibt für jeden von euch zwanzig Dollar pro Vorstellung.«

Bob war begeistert. »Zwanzig Dollar nur dafür, dass wir herumschwimmen? Da bin ich dabei. Es sind Ferien, und wir können jeden Cent gebrauchen.« Auch Peter war einverstanden. »Klingt nicht schlecht. Und in den Kostümen kann uns kein

Mensch erkennen. Das wäre sonst ganz schön peinlich. Was sagst du dazu, Just?«

»Klar. Das ist besser, als den Schrottplatz aufzuräumen. Ich muss nur Tante Mathilda und Onkel Titus Bescheid sagen. Die können dann eure Eltern informieren. Aber die sind bestimmt auch einverstanden.«

Mr Lord klatschte in die Hände. »Prima. Selbstverständlich erhalten eure Eltern Freikarten für die Show morgen Abend. Geht bitte dort drüben zu dem großen roten Wohnwagen. Fragt nach Camilla. Sie ist zuständig für die Kostüme. Bis später zur Generalprobe.«

Clownfisch & Co

Mittlerweile waren alle Kunststoffscheiben des Aquariums montiert. Arbeiter begannen damit, lange Schläuche vom Meer in das Becken zu führen. Lautstark sprangen kräftige Pumpen an. Peter war beeindruckt. »Jetzt wird das Wasser eingelassen. Das müssen wirklich Millionen Liter sein.« Schon bald konnte man hinter den Scheiben erkennen, wie der Wasserspiegel in dem riesigen Aquarium zu steigen begann.

Hinter dem roten Wohnwagen hatte man ein großes Zelt aufgebaut. Hier war alles vollgestellt mit Schminktischen und diversen Kisten. An fahrbaren Kleiderständern hingen die Kostüme. Bob zeigte auf einen glitzernden Fischschwanz. »Hauptsache, wir müssen uns nicht als Nixe verkleiden.«

Eine Dame kam auf sie zu. Sie hatte ihr graues Haar zu einem langen Zopf nach hinten zusammengebunden. An ihrem Hals klapperte eine riesige Kette aus bunten Korallen. »Was wollt ihr?

Wer seid ihr?« Justus blieb abrupt stehen. »Mr Lord schickt uns zu Ihnen. Sie müssen Camilla sein.«

»Für euch *Misses* Camilla«, antwortete die Frau mit spitzer Stimme. »Ich ahne es. Ihr sollt die Witzfiguren spielen.« Peter sah sie erstaunt an.

»Witzfiguren? Nein, wir sind Komparsen.«

»Ach, das ist doch bei diesem Stück dasselbe. Kommt mit! Ich gebe euch die Kostüme.«

Plötzlich waren sich die drei ??? nicht mehr so sicher, ob es eine gute Idee war, bei der Show mitzuspielen. Doch nun gab es kein Zurück mehr. Camilla ging auf einen der Kleiderständer zu. »So, das zieht ihr an. Der Dicke wird ein Clownfisch. Der Lange verkleidet sich als Seepferdchen, und du mit der Brille bekommst das Krabbenkostüm. Und dann nehmt diese Taucherbrillen, sonst könnt ihr später unter Wasser nichts sehen. Wenn ihr etwas kaputt macht, wird es von eurem Lohn abgezogen. Und Beeilung! Gleich findet die Generalprobe statt.« Dann verschwand die Frau mit schnellen Schritten im roten Wohnwagen.

Ungläubig hielt Justus das Clownfisch-Kostüm in der Hand. »Die hat *Dicker* zu mir gesagt. Wie kommt sie denn darauf? Ich bin doch nur ein wenig kräftiger gebaut.« Bob versuchte, den Eingang in sein Krabbenkostüm zu finden. »Ich komme mir vor wie im Fasching. Wie soll ich denn damit schwimmen?« Peter hingegen sah schon fast aus wie ein Seepferdchen. »Das ist ein Spezialstoff, mit dem man tauchen und schwimmen kann. Auch beim Film wird dieses Material verwendet.« Peter kannte sich damit recht gut aus, denn sein Vater arbeitete in Hollywood bei einer Firma für Spezialeffekte.

Justus hatte große Probleme, in sein Kostüm einzusteigen. Nur mühsam konnte er sich aufrecht halten. Seine Füße sahen jetzt aus wie kurze Flossen. In diesem Moment kam ein dünnes Mädchen mit kurzen Haaren aus dem Wohnwagen. Als sie Justus erblickte, fing sie laut an zu lachen. »Was seid ihr denn für Hampelmänner? Da hat meine Mutter aber nicht übertrieben, als sie mir eben von

euch erzählte.« Justus streckte den Kopf aus seinem Kostüm. »Camilla ist deine Mutter?«

Das Mädchen warf ihm einen frechen Blick zu. »Für euch bitte *Misses* Camilla. Wenn es nach meiner Mutter ginge, dann dürftet ihr für die Show höchstens die Karten an der Abendkasse abreißen. Aber Mr Lord ist hier der große Chef. Und der Chef kann anscheinend machen, was er will. Und jetzt verzieht euch, denn ich muss mich umziehen. Oder wollt ihr mir zusehen, wie ich in einen Fischschwanz schlüpfe?«

Bob wurde rot. »Nein, natürlich nicht. Los, wir verschwinden von hier.« Doch das war leichter gesagt als getan. Keiner der drei konnte in den seltsamen Kostümen gut laufen. Justus kam sogar nur hüpfend vorwärts. Aus den Lautsprechern ertönte jetzt die Stimme von Mr Lord. »Alle auf die Plätze! In fünf Minuten beginnt die Generalprobe.« Plötzlich wimmelte es von sonderbaren Gestalten: Menschen in Krakenkostümen, Quallenwesen und Seerobben. Ein Mann, der aussah wie ein Pirat, schob die drei Freunde vorwärts. »Los, wir müssen zum Bühneneingang. Mr Lord hasst es, wenn jemand zu spät kommt.«

An einer Seite des runden Aquariums war ein Bereich mit schwarzen Stoffen abgetrennt.

Justus hüpfte voran. »Von dort aus gelangen die Schauspieler unbemerkt ins Aquarium.«

In dem abgetrennten Bereich war es fast dunkel. Über eine Stahltreppe gelangten sie auf ein höher gelegenes Podest. Dort befand sich eine Art Wasserbecken. Von unten strahlte bläuliches Licht nach oben. Dann ertönte die Eröffnungsmusik. »Meine Damen und Herren«, dröhnte die Stimme des Direktors, »willkommen zum Aqua-Musical *GEHEIMNIS IM MEER*. Begrüßen Sie mit einem donnernden Applaus unsere Meeresbewohner.«

Natürlich klatschte niemand, denn es war ja nur die Generalprobe. Bob wandte sich an den Piraten. »Und was machen wir jetzt?«

»Ja, was wohl? Ab ins Wasser, und dann schwimmt ihr ins Aquarium.« Mit diesen Worten schubste der Pirat die drei unsanft in das Becken, und sie tauchten unter.

Zum Glück war das Wasser recht warm. Um sie herum gurgelte und blubberte es. Richtig schnell kamen sie in ihren Kostümen nicht voran. Justus, Peter und Bob befanden sich jetzt inmitten des großen Aquariums. Durch die Taucherbrillen konnten sie über und unter Wasser alles gut überblicken. Grelle Scheinwerfer beleuchteten die Felskulissen und ließen die bunten Anemonen und Korallen aufleuchten. Überall schwammen kleine Fische umher. Gleichzeitig mit der Musik stiegen jetzt gewaltige Blasen von unten auf, und wie von Zauberhand wurde Helen in ihrem Meerjungfrauenkostüm nach oben gehoben. Dann begann sie zu singen:

»Ach, wäre ich doch ein Mensch.
Ach, könnt ich doch an Land.
Wie groß ist meine Sehnsucht,
mit dir dort Hand in Hand.«

Peter verzog unter seinem Seepferdchenkostüm das Gesicht. »Oh Mann, ist das kitschig.«

Bob versuchte, seine beschlagene Taucherbrille zu säubern. »Also mir gefällt's. Ich hätte nicht gedacht, dass Helen so gut singen kann. Die Frage ist nur, was *wir* jetzt machen sollen?« Justus schwamm auf das Piratenschiff zu. Es lag halb versunken im Wasser. »Wieso, ist doch ganz einfach: Mr Lord hat gesagt, wir sollen uns herumtreiben lassen. Mehr müssen Komparsen nicht tun.«

Mittlerweile war eine zweite Meerjungfrau aufgetaucht. Peter erkannte sie sofort. »Seht mal, das ist die blöde Ziege von vorhin. Die Tochter von Camilla. Und jetzt fängt die auch noch an zu trällern.«

»Ach, wie schön bist du,
meine Schwester mein.
Ach, könnte ich nur so sein,
so wunderschön wie du.«

Dann nahm die Show ihren Lauf. Eric tauchte als Prinz auf und sang mit der Meerjungfrau ein Duett. Dazu tanzte unter Wasser ein Ballett aus verkleideten Glitzerfischen. Mittendrin feuerte der Pirat immer wieder eine Kanone vom Schiffswrack. Bob tippte sich mit seinem Krabbenarm an die Stirn. »Wer hat sich nur diesen Blödsinn ausgedacht? Mit dem ursprünglichen Märchen hat das nicht viel zu tun.«

Die meiste Zeit der Show musste Helen als Meerjungfrau herumschwimmen. Dabei verschwand sie in regelmäßigen Abständen hinter einem Felsen, der vom Publikum nicht einsehbar war. Dort lag versteckt eine Pressluftflasche, aus der sie unbemerkt Luft holen konnte. Peter war beeindruckt. »Die Technik und die Tricks sind auf jeden Fall nicht schlecht. Ich hatte mich schon gewundert, wieso Helen so lange die Luft anhalten kann.«

Doch als das Mädchen im Laufe der Generalprobe zum dritten Mal an der versteckten Taucherflasche Luft holen wollte, stiegen plötzlich Blasen auf, und Helen fuchtelte mit den Armen. Peter reagierte sofort. »Da stimmt was nicht! Los, wir müssen ihr helfen!«

Technikpanne

Mit kräftigen Zügen tauchte Peter ab und packte Helen an der Schulter. Sekunden später hatten beide die Wasseroberfläche erreicht. Helen hustete lautstark und spuckte Wasser aus. »Verdammt!«, rief sie mit rotem Kopf. »Aus der Pressluftflasche kam keine Luft mehr.« Jetzt dröhnte die Stimme von Mr Lord durch die Lautsprecher, und die Musik verstummte. »Abbruch! So ein Mist! Alle Techniker sofort zu mir!«

Wenig später hatte sich das gesamte Team vor dem Aquarium versammelt. Der Direktor war außer sich vor Wut. »Das darf doch nicht wahr sein! Und das ausgerechnet bei der Generalprobe. Helen, zum Glück ist dir nichts passiert.« Dann klopfte er Peter auf die Schulter. »Danke, mein Junge. Zum Glück hast du so schnell reagiert. Wer zum Teufel hat die Pressluftflaschen kontrolliert?«

Ein kleiner Mann in einem blauen Overall trat aus der Menge. »Dafür war ich zuständig, Mr Lord.

Aber ich schwöre: Die Pressluftflasche war gefüllt. Ich selbst habe die Flasche vor der Show zweimal gecheckt.« Der Direktor schien überhaupt nicht zuzuhören. »Machen Sie, dass Sie verschwinden. Sie sind fristlos entlassen. Sie können von Glück sagen, dass meiner Tochter nichts passiert ist.«

Mit gesenktem Kopf verließ der kleine Mann niedergeschlagen die Versammlung.

Nach und nach verschwand die Belegschaft in den Wohnwagen, und Mr Lord kam auf die drei ??? zu. »Tut mir leid, Jungs. Das war keine Meisterleistung. Ich hoffe, ihr habt nicht die Lust an unserer Show verloren?«

Justus ging der Vorfall mit der Pressluftflasche nicht aus dem Kopf. »Ich frage mich, wie so eine Panne geschehen kann? Der Techniker hat doch alles zweimal geprüft.«

Der Direktor verzog sein Gesicht. »Ach, das ist doch nur eine Schutzbehauptung. Wenn man nicht alles selbst kontrolliert, dann passieren solche Dinge. Aber so etwas dulde ich nicht. Die Generalprobe verschieben wir jetzt auf morgen Vormittag. Am Abend findet dann die Premiere statt. Ich kann nur hoffen, dass alles gut geht. Bei diesem Musical sind schon zu viele Pannen geschehen.«

Justus sah den Direktor plötzlich sehr konzentriert an. »Wie meinen Sie das? Gab es schon ähnliche Vorfälle?«

Mr Lord blickte sich kurz um und nickte. »Leider ja«, meinte er kleinlaut. »Zunächst glaubte ich an Zufälle, aber dann häuften sich die Störungen. Gestern zum Beispiel fiel eine der großen Meerwasserpumpen aus. Später fanden wir heraus, dass ein Schraubenschlüssel durch die Pumpe angesaugt worden war und das Getriebe zerstört hatte. Danach gab es einen Kurzschluss in der Lichtanlage. Ein Stunde später brannte es bei einem der Lastwagen. Meiner Meinung nach können das keine Zufälle gewesen sein.«

Bob mischte sich ein. »Glauben Sie etwa an Sabotage?« Jetzt hielt sich Mr Lord die Hand vor den Mund und wurde sichtlich nervös. »Nicht so laut! Ich möchte niemanden beschuldigen. Am liebsten würde ich die Polizei einschalten, doch dann ist die Stimmung im Team dahin.«

Justus knetete mit Daumen und Zeigefinger seine Unterlippe. Das tat er immer, wenn er scharf nachdachte. »Mr Lord, ich mache Ihnen einen Vorschlag. Wir sind Profis, wenn es darum geht, sich unauffällig umzusehen.« Peter pflichtete ihm bei. »Glauben Sie uns, wir haben so etwas schon öfter gemacht.« Der Direktor der Aqua-Show kam ins Grübeln. »Genau so etwas benötige ich hier: verdeckte Ermittler. Ich möchte aber nicht, dass ihr euch in Gefahr begebt. Ihr sollt nur die

Augen offen halten. Das werde ich natürlich entsprechend honorieren.«

Justus schüttelte vehement den Kopf. »Nein, das brauchen Sie nicht. Wir arbeiten nicht für Geld. Unser Ziel ist es, Antworten auf ungelöste Rätsel und Fragen zu finden.« Mr Lord atmete erleichtert auf. »Gut, ich bin einverstanden. Dann verlasse ich mich auf euch. Erzählt aber niemandem etwas von unserer Abmachung. Nicht einmal meiner Tochter. Helen soll sich keine unnötigen Sorgen machen. Sobald aber irgendetwas aus dem Ruder läuft, schalte ich die Polizei ein. Hier habt ihr einen kleinen Vorschuss auf eure Gage als Komparsen.« Er gab jedem zehn Dollar. »Wir sehen uns dann morgen früh?« Justus nickte. »Ja, wir sind pünktlich zur Generalprobe hier.«

Anschließend brachten die drei ??? ihre nassen Kostüme zurück. In dem großen Zelt hatten sich gerade die beiden Meerjungfrauen umgezogen und föhnten ihre Haare trocken. Helen ging sofort auf die Freunde zu. »Es tut mir wirklich leid,

dass ausgerechnet ich euch hierhergebracht habe. Normalerweise läuft so eine Generalprobe ohne Pannen ab.« Jetzt mischte sich die andere Nixe ein. »*Du* hast also die drei Hampelmänner angeschleppt? Na, das passt zu dir. Kein Wunder, dass hier alles schiefläuft.« Wütend drehte sich Helen zu ihr um. »Kira! Lass mich einfach in Ruhe!«

»Ja, ja. Du, der große Lord und der schöne Prinz werden den Laden schon zugrunde richten. Ich mache hier nur meinen Job.« Dann verschwand Kira mit hocherhobenem Kopf im Wohnwagen.

Bob sah dem Mädchen hinterher. »Ihr mögt euch nicht besonders, oder?« Helen schüttelte den Kopf. »Nein, nicht wirklich. Kira ist die zickigste Nixe, die die Welt je gesehen hat. Ich glaube, sie ist extrem eifersüchtig auf meine Rolle. Wahrscheinlich kommt ihr morgen nicht wieder, oder?«

»Doch, natürlich«, platzte Peter heraus. »Wir werden für deinen Vater die Augen offen halten und – äh, ich meine natürlich, die Daumen drücken, dass die Generalprobe gut läuft.« Fast hätte er sich verplappert. Doch anscheinend hatte Helen nichts bemerkt. »Ja, es wird schon alles klappen. Außerdem sagt ein Sprichwort: Wenn die Generalprobe schlecht läuft, wird es bei der Premiere umso besser. Dann bis morgen.«

Am Sandstrand lag immer noch die *Mathilda* und dümpelte in der sanften Brandung. Peter schob das Boot zurück ins Wasser und stieg als Letzter ein. »Dann los! Auf Makrelenfang habe ich heute keine Lust mehr.«

Spezialeffekte

Nach einer guten halben Stunde erreichten die drei ??? wieder den kleinen Hafen. Es war bereits spät am Nachmittag. Vom Pazifik her wehte ein schwacher Wind und brachte etwas Abkühlung. Mit langsamer Fahrt tuckerte die *Mathilda* an der Kaimauer entlang. Anschließend vertäute Justus das Boot wieder am Holzsteg.

Doch als sie zu ihren Rädern gingen, spürte der Anführer der Detektive plötzlich, wie sein Magen lautstark zu knurren begann. Kein Wunder, denn er hatte lange nichts mehr gegessen. Und das kam bei ihm recht selten vor. Aus der kleinen Hafenkneipe hinter den Schuppen der Fischer wehte ihm verführerisch der Duft von frisch gebratenen Fischen in die Nase. Justus zog seinen Zehndollarschein aus der Hosentasche. »Was haltet ihr von einem kleinen Imbiss?«

Bob war einverstanden. »Ich bin dabei. Aus den Makrelen auf dem Grill wird heute ja nichts mehr.«

Die kleine Kneipe war eher eine Bar, in der sich die Fischer nach getaner Arbeit trafen. Ernesto Porto saß auf einem der Barhocker und begrüßte die drei. »Na, Jungs, habt ihr ein Meerungeheuer aus dem Pazifik gezogen?« Justus bestellte drei Fischbrötchen. »Nein«, grinste er, »wir haben etwas viel Besseres geangelt: eine Meerjungfrau.« Ernesto Porto verschluckte sich fast an seinem Tee. »Ich lach mich tot. So einen Quatsch habe ich ja seit Jahren nicht mehr gehört. Eine Meerjungfrau?! Eure Fantasie möchte ich haben.« Die drei ??? grinsten sich an und bissen hungrig in ihre Brötchen.

Erst jetzt bemerkte Bob, dass sich noch ein weiterer Gast in der schummrigen Bar befand. »Sagt mal, ist das nicht der Techniker von eben?« Peter blickte in die Richtung. »Stimmt, der Mann, der von Mr Lord entlassen wurde.« Auch Justus hatte ihn nun entdeckt und wischte sich mit einer Serviette den Mund ab. Dann ging er entschlossen auf den kleinen Mann im blauen Overall zu.

»Entschuldigen Sie, darf ich Sie etwas fragen?« Der Techniker starrte regungslos auf sein Bierglas. »Was willst du von mir, Junge?« Justus kniff die Augen zusammen. »Wir haben vorhin bei der Aqua-Show alles mitbekommen. Sind Sie sich wirklich sicher, dass Sie die Pressluftflasche überprüft haben?« Jetzt kam plötzlich Leben in den Mann. »Ihr wart dabei? *Natürlich* habe ich alles gecheckt. Ich bin Spezialist für die technischen Tricks. Eine volle Pressluftflasche kann sich nicht von allein entleeren. Noch nie ist mir in den drei Jahren bei Mr Lord ein Fehler unterlaufen. Und jetzt werde ich fristlos entlassen. Eine Sauerei ist das!«

Auch Bob stand mittlerweile neben ihm. »Seit drei Jahren arbeiten Sie für Mr Lord?«

»Das kannst du laut sagen, Junge. Und ich wette, er kennt noch nicht mal meinen Namen. Dabei steht der dick und fett auf meinem Overall.«

Peter trat näher und las den Namen laut vor: »Billy Hancock. Mein Vater hatte einen Kollegen, der hieß auch so. Vielleicht kennen Sie sich vom Film?« Der Mann schob sein Bierglas beiseite. »Ja, bevor ich bei Mr Lord angefangen habe, war ich Spezialist für Filmeffekte in Hollywood. Wie heißt denn dein Vater?« Peter setzte sich neben ihn. »Henry Shaw.« Billy Hancock klopfte Peter auf die Schulter. »Aber ja. Henry! Den kannte ich gut. Einer der besten Leute in Hollywood. Ich hätte lieber dort bleiben sollen. Stattdessen habe ich mich für Mr Lord zum Affen gemacht. Viel Arbeit für wenig Geld. Vier neue Shows haben wir in den letzten Jahren aufgezogen.«

»Was waren denn das für Shows?«, fragte Justus interessiert.

»Ach, alles Mögliche. Marvin Lord hat immer neue verrückte Ideen. Zum Beispiel hat er damals ein Musical auf einem Gipfel der Magic Mountains aufführen lassen. Das müsst ihr euch mal vorstellen: Der Berg war über 3000 Meter hoch, und oben lag Schnee. Die Bühne glich einem riesigen Iglu, und die Zuschauer mussten mit Schneeraupen herangefahren werden. Zum Eintrittspreis bekam jeder eine dicke Jacke und eine Wollmütze. Die Show hieß *Die Eisprinzessin.*«

»Und was hat Marvin Lord noch gemacht?«, wollte Bob wissen und stopfte sich den Rest seines Fischbrötchens in den Mund.

»Dann war da noch das Musical unter der Erde. Die Show spielte in einem alten Bergwerksschacht. Sie hieß *Die acht Zwerge.* Ihr könnt euch gar nicht vorstellen, welch große Hallen sich tief unter der Erde befinden. Ich hatte monatelang mit den Sicherheitsvorkehrungen zu tun. Für das Unterwasser-Musical habe ich sogar etwas völlig Neuartiges erfunden. Und zwar eine einzigartige Notentleerung des Aquariums. Wenn während der Show etwas Unvorhersehbares geschehen sollte,

kann man per Funkfernbedienung innerhalb von Sekunden das ganze Becken leeren. Dafür klappt eines der Glaselemente weg, und das Wasser schießt heraus und fließt ins Meer. Aber das kann mir nun alles egal sein. Diese ganzen Lords sind doch verrückt. Eigentlich kann ich froh sein, dass der Spinner mich rausgeschmissen hat. Grüß doch bitte deinen Vater Henry von mir. Vielleicht werde ich mich wieder in Hollywood bewerben.«

Justus hakte noch einmal nach. »Sie sprachen eben von den ganzen Lords. Wen meinen Sie damit genau?« Jetzt zog Billy Hancock wieder das Bierglas zu sich. »Ach, ich will nicht zu viel sagen.

Es ist ein Geheimnis. Das müsst ihr schon selbst herausfinden.«

Die drei ??? verabschiedeten sich und verließen die Bar. Ihre Augen brauchten eine Weile, um sich an die grelle Abendsonne zu gewöhnen. Als Justus Jonas sein Rad aufschloss, blickte er noch einmal zur Bar. »So langsam entwickelt sich die Geschichte zu einem echten Fall. Immer mehr Fragen tun sich auf.« Bob grinste ihn an. »Unser Meisterdetektiv wittert schon wieder ein Rätsel. Es ist doch gar nichts passiert. Außer dass eine Pressluftflasche plötzlich leer war.«

»Aber genau das ist es ja! Hast du nicht gehört, was Billy Hancock sagte? Eine Pressluftflasche kann sich nicht von allein entleeren. Und das wiederum bedeutet, dass jemand das Ventil aufgedreht haben muss.«

Jetzt mischte sich Peter ein. »Da gebe ich dir recht. Einem Spezialisten aus Hollywood würde nie so ein Fehler unterlaufen. Und denkt an die anderen Pannen, die bereits bei der Aqua-Show passiert sind. Aber was meint Billy Hancock nur mit dem Familiengeheimnis der Lords?«

Justus schwang sich auf sein Rad. »Auch das ist eine Frage ganz nach meinem Geschmack. Irgendwas stimmt bei den Lords nicht. Das spüre ich. Aber wir werden das herausfinden, denn die drei ??? haben bisher noch jeden Fall gelöst.«

Die drei Freunde verabredeten sich für den nächsten Morgen bei der *Kaffeekanne*, ihrem Geheimversteck. Müde fuhr jeder nach Hause, und Justus Jonas erreichte wenig später die Toreinfahrt zum Schrottplatz. Darüber hing ein großes Schild: *Titus Jonas' Gebrauchtwarencenter*. Justus' Onkel mochte es nicht, wenn man zu seinen Schätzen Schrott sagte. In seinen Augen waren das alles Wertstoffe, die man irgendwann noch einmal gebrauchen konnte. Auf dem Hof neben dem Haus lagerten unzählige alte Haushaltsgeräte, gebrauchte Autoteile, Reifen, verrostete Werkzeuge und viele Dinge, von denen niemand wusste, was es einmal gewesen war.

Auf der Veranda saßen Tante Mathilda und Onkel Titus im Schein einer Petroleumlampe. »Hallo, Justus«, begrüßte ihn sein Onkel. »Wir haben uns schon Sorgen gemacht. Habt ihr etwas gefangen?« Justus schüttelte den Kopf. Dann berichtete er von der Aqua-Show am Strand. Tante Mathilda war begeistert. »Davon habe ich in der Zeitung gelesen. Morgen Abend ist die Premiere. Und ihr habt wirklich Freikarten für uns? Der Eintritt ist nämlich unverschämt teuer.« Justus nickte stolz. »Ja, ihr könnt umsonst rein.« Von den mysteriösen Vorfällen berichtete er lieber nichts. Auch Onkel Titus freute sich. »Das hört sich gut an. Und mit Freikarten umso besser. Eigentlich wollte ich morgen mit dem Boot zum Angeln rausfahren. Vielleicht habe ich mehr Glück beim Makrelenfang. Aber wisst ihr was? Ich mache beides: Erst werde ich angeln, und dann komme ich direkt mit dem Boot zur kleinen Bucht. Mathilda nimmt dann den Pick-up, und wir treffen uns direkt bei der Show. Einverstanden?« Seine Frau nickte fröhlich. »Ja, das ist ein guter Plan.« Doch plötzlich hielt sie Justus die Petroleumlampe vor die Nase. »Aber sag mal, du sieht ja ganz mager aus. Habt ihr überhaupt etwas gegessen?«

Zwar hatte Justus noch den Geschmack des Fischbrötchens auf der Zunge, doch er schüttelte den Kopf. Er wusste, was jetzt geschehen würde. Tante Mathilda ließ abrupt alles stehen und liegen und holte ein großes Stück Kirschkuchen aus der Küche. »Hier, den habe ich heute Nachmittag frisch gebacken. Man sollte niemals hungrig ins Bett gehen.« Onkel Titus lachte. »Und es wäre schade um den Kirschkuchen. Immerhin ist er der beste der Welt.«

Wenig später lag Justus Jonas satt und zufrieden unter seiner Bettdecke. Noch lange dachte er über den Tag nach. Dann schlief er ein.

Premierentag

Wie verabredet, trafen sich die drei ??? sehr früh am nächsten Morgen bei ihrem Geheimversteck. Das war ein alter Wassertank, der früher zu Zeiten der Dampflokomotiven genutzt wurde. Dieser lag, gut getarnt durch hohe Büsche und Bäume, außerhalb von Rocky Beach. Von Weitem sah der Tank mit dem Rohr an der Seite tatsächlich aus wie eine Kaffeekanne. Und darum wurde er von den drei ??? auch so genannt. Über eine kleine Stahlleiter gelangte man ins Innere des ausgebauten Holztanks. Hier lagerten die Detektive alles, was sie für ihre Abenteuer gebrauchen konnten. So gab es in den aufgestapelten Holzkisten mehrere Lupen, ein Mikroskop, Werkzeug, Funkgeräte und natürlich Fingerabdruckpulver.

Justus war der Letzte, der eintraf, und Bob half ihm durch die schmale Luke ins Innere der Kaffeekanne. »Ich wette, du hast beim Frühstück noch ein Stück Kirschkuchen verdrückt, oder?« Justus grinste ihn an. »Nein, Kirschkuchen hatte ich schon zum Abendessen.«

Anschließend gingen sie die Ereignisse vom Vortag durch. Bob notierte alles Wichtige in einem kleinen Büchlein.

»Wenn wir davon ausgehen, dass die Pannen kein Zufall waren, handelt es sich eindeutig um Sabotage«, sagte er. Justus nickte. »Richtig. Und wenn jemand so etwas macht, dann hat er einen Grund dafür. Ein Motiv. Vielleicht hat Billy Hancock uns nicht die ganze Wahrheit erzählt? Schließlich war er nicht besonders glücklich bei der Firma von Mr Lord. Unter Umständen wollte er sich rächen?«

»Das kann ich nicht glauben«, unterbrach Peter. »Ich habe gestern Abend noch meinem Vater von ihm erzählt. Der hält große Stücke auf Billy Hancock. Und außerdem sind die Pannen alle *vor* seiner Entlassung geschehen. Rache als Motiv fällt daher weg.«

»Stimmt, gut kombiniert, Peter«, lobte Justus. »Also müssen wir nach weiteren Verdächtigen suchen. Und dann ist da noch dieses mysteriöse Familiengeheimnis. Billy Hancock wollte uns darüber nicht mehr erzählen. Vielleicht besteht da ein Zusammenhang?«

Bob klappte sein Büchlein zu. »Viel wissen wir nicht über die Lords. Da gibt es den Vater und die Tochter Helen. Von einer Mutter habe ich nichts gehört. Vielleicht ist sie gestorben?«

Justus zuckte kurz zusammen. Auch er war eine Waise, denn seine Eltern waren ums Leben gekommen, als er fünf Jahre alt war. Damals hatten ihn Tante Mathilda und Onkel Titus bei sich aufgenommen. Für Justus waren die beiden aber fast so wie seine richtigen Eltern. Entschlossen stand er jetzt auf. »Okay, es gibt mal wieder mehr Fragen als Antworten. Und eines weiß ich genau: Hier in der Kaffeekanne werden wir die Antworten nicht finden. Wir fahren zur Aqua-Show.«

Zum Glück war es so früh am Morgen noch angenehm kühl. Die drei ??? schnappten sich ihre Räder und fuhren wenig später die Küstenstraße Richtung Süden. Nur wenige Autos waren unterwegs. Schließlich stoppten sie vor einem großen Plakat. »Die machen ganz schön viel Werbung für ihre Show«, sagte Bob und zeigte auf das riesige Bild einer Meerjungfrau. Darüber stand in großen Buchstaben: *Kaliforniens erste und einzige Aqua-Show. Premiere: HEUTE.*

Direkt hinter dem Plakat ging eine Straße ab. Sie führte zum Meer und endete auf einem großen Parkplatz. Peter stellte sein Rad ab. »Weiter kommen wir nicht. Die haben alles mit Gitterzäunen abgesperrt. Klar, sonst könnten sie keinen Eintritt kassieren.« Justus kümmerte sich nicht darum und schob eines der Gitter einfach zur Seite. »Aber *wir* dürfen hier durch. Erstens arbeiten wir bei der Show als Komparsen mit, und zweitens sind wir verdeckte Ermittler.«

Die drei waren so früh unterwegs, dass noch kein Mitarbeiter auf dem Gelände der Aqua-Show zu sehen war. Eine schmale Steintreppe führte vom Parkplatz hinunter an den Sandstrand. Von hier oben hatte man einen sehr guten Überblick. Inmitten der Bucht stand das riesige runde Aquarium. Es war bis zum Rand mit Wasser gefüllt. In der Mitte ragten verschiedene Felsen heraus und bildeten eine kleine Bühne. Daneben sah man das halb versunkene Piratenschiff.

Wenig später standen sie direkt vor der gewölbten Glasscheibe und blickten ins Innere. Neugierige Fische schwammen auf sie zu, und Peter klopfte zaghaft gegen die Scheibe. »Zum Glück haben die keine Haie oder andere Schnappmäuler eingesetzt. Ich denke immer noch an unsere unentdeckten Meeresbewohner von gestern. Ihr

wisst schon, die Krakenwesen mit den Glubschaugen.« Bob schnitt eine hässliche Grimasse. »Wer weiß, vielleicht verwandelt sich unsere Nixe ja in eine schielende Qualle. Wir wissen schließlich noch nicht, wie das Musical weitergeht. Gestern wurde die Generalprobe ja abgebrochen.«

Justus hingegen interessierte sich für eine bestimmte Stelle hinter einem kleinen Felsvorsprung. »Wenn man genau hinsieht, dann kann man ein

Stück der versteckten Pressluftflasche erkennen. Ihr wisst schon, die Flasche, bei der keine Luft mehr herauskam.«

Bob hatte sie jetzt auch entdeckt. »Ich frage mich, wer die Flasche wieder in Ordnung gebracht hat. Billy Hancock ist ja entlassen worden.« Peter drückte sich die Nase an der Scheibe platt. »Von hier aus ist das unmöglich zu erkennen. Wenn es sich tatsächlich um Sabotage handelt, dann könnte es doch sein, dass der Täter ein zweites Mal zuschlagen wird.« Justus knetete seine Unterlippe. »Es gibt nur einen Weg, das herauszufinden. Wir müssen uns die Flasche genauer ansehen. Und zwar jetzt. Denn schon bald werden hier eine Menge Leute herumlaufen.«

Bob war einverstanden. »Dann lasst uns aber vorher schnell die Taucherbrillen holen, die zu den Kostümen gehören. Zum Glück haben wir unsere Badehosen schon an.«

Sabotage

So leise wie möglich liefen die drei zum Zelt hinter dem roten Wohnwagen und schnappten sich die Taucherbrillen. Immer wieder sahen sie sich dabei nervös um. Wenig später betraten sie den mit schwarzen Vorhängen abgetrennten Einstieg zur Aqua-Show. Justus setzte sich seine Taucherbrille auf. »Dann lasst uns das Geheimnis im Meer ergründen, Freunde.«

Einer nach dem anderen stieg über die Badeleiter ins Wasser. Es war noch wärmer als am Vortag.

Mit kräftigen Zügen schwamm Peter vorweg ins Aquarium und hatte schnell die Stelle mit der Pressluftflasche erreicht. »Alles klar. Die Flasche befindet sich direkt unter uns.« Dann holten die drei tief Luft und tauchten abwärts.

Das Becken war über vier Meter tief, und in den Ohren spürten sie den zunehmenden Druck. Unter Wasser war es befremdlich still. Nur ein Gurgeln und ein leises Knacken war zu hören. Ein großer

Schwarm schillernder Fische nahm vor ihnen Reißaus. Schließlich waren sie am Beckenboden angekommen und konnten die Pressluftflasche aus der Nähe untersuchen. Peter klopfte gegen eine kleine Anzeige, die sich am Ende eines kurzen Schlauches befand. Dann formte er mit Daumen und Zeigefinger einen kleinen Kreis. Es bedeutete, dass mit der Flasche alles okay war. Bob hob den Daumen. Das war das Zeichen fürs Auftauchen.

Eilig schwammen sie zurück an die Oberfläche und holten tief Luft. Peter schob sich seine Taucherbrille auf die Stirn. »Die Pressluftflasche ist ordnungsgemäß aufgefüllt. Das konnte ich an der Anzeige erkennen. Diesmal dürfte bei der Generalprobe nichts schieflaufen.«

Plötzlich zuckte Justus zusammen und legte seinen Zeigefinger auf die Lippen. »Pst! Leise! Habt ihr das gehört?« Bob nickte. »Ja, da hat was geklatscht. Als ob jemand ins Wasser eingestiegen ist. Los, wir verstecken uns hinter dem Felsvorsprung in der Mitte.«

Ihre Ohren hatten sie nicht getäuscht, denn von hier aus konnten die drei beobachten, wie eine Person ins Wasser glitt. Peter zog seinen Kopf zurück. »Mist, ich kann nicht erkennen, wer es ist. Die Person trägt einen Neoprenanzug und eine Tauchermaske.«

Mit langsamen Schwimmbewegungen näherte sich der unheimliche Besucher. Schließlich holte die Person tief Luft und tauchte ab. Auch die drei ??? hielten jetzt ihre Köpfe unter Wasser. Im kristallklaren Wasser konnten sie durch die Brillen alles überblicken. Der unbekannte Taucher schwamm zielstrebig auf die Pressluftflasche zu. Dann drehte er das Ventil auf, und eine große Wolke Luftblasen entwich aus der Flasche. Es zischte und gurgelte fast eine Minute lang. Der Taucher konnte erstaunlich lange die Luft anhalten. Als die Luftblasen weniger wurden, drehte er das Ventil wieder zu. Mit hektischen Schwimmbewegungen schoss er an die Oberfläche und schwamm dann zurück zum Einstieg ins Aquarium.

Bob riss sich die Taucherbrille vom Kopf. »Habt ihr das gesehen? Jetzt wissen wir hundertprozentig, dass Sabotage im Spiel ist. Der Täter hat zum zweiten Mal zugeschlagen.«

Auch Peter war fassungslos. »Wahnsinn! In der Pressluftflasche ist jetzt nur noch ganz wenig Atemluft. Mit Helen wird bei der Generalprobe dasselbe geschehen wie gestern. Just, was machen wir jetzt?«

»Wir müssen herausfinden, wer in dem Taucheranzug steckt. Los, mir nach!«

Wenig später kletterten die drei ??? über die Badeleiter aus dem Wasser und sahen sich nervös um. Bob deutete plötzlich auf Fußspuren auf den hölzernen Platten am Boden. »Da! Wir müssen die Spur verfolgen. Schnell, bevor sie wegtrocknet.«

Die Spuren führten ins Freie. Hier lagen keine Holzplatten mehr auf dem Boden, und die drei Detektive mussten sich an den Spuren im Sand orientieren. Doch leicht war es nicht, denn dort wimmelte es von Fußabdrücken. Peter entdeckte frische Wassertropfen im Sand. »Hier geht es lang. Die Spur führt zu den Wohnwagen.«

Am Rand der steilen Felsen standen mehrere Wohnmobile. Hier wohnten die Mitarbeiter und Darsteller der Show. Bob deutete auf einen der Wagen. Ein Schild an der Tür verriet, dass sich dort die Waschräume und Toiletten befanden. »Die Spur führt dorthin. Direkt zum Klo. Dort werden wir unseren geheimnisvollen Unbekannten finden.

Wahrscheinlich hat er bemerkt, dass wir ihn verfolgen, und sich hier versteckt.«

Peter verlangsamte seine Schritte. »Wir dürfen jetzt keinen Fehler machen, Freunde. Wer weiß, wozu der Täter imstande ist? Ich würde lieber Mr Lord informieren.« Justus nickte. »Das werden wir auch machen. Nur kann es sein, dass der Saboteur in der Zwischenzeit aus dem Toilettenwagen verschwindet. Da drüben liegt eine kleine Eisenstange. Mit der können wir die Tür verkeilen.« Schnell setzten sie den Plan in die Tat um und klemmten die Eisenstange zwischen der Tür und einem großen Felsen ein. Bob ballte die Faust. »Unser Mann ist gefangen wie eine Ratte. Da kommt keiner mehr raus. Jetzt auf zu Mr Lord!«

Lange brauchten sie nicht zu suchen, denn vor einem der größeren Wohnwagen stand ein Schild: *Direktor Lord.*

Justus klopfte entschlossen an die Tür. »Mr Lord, machen Sie bitte auf! Es ist wichtig.«

Nach dem zweiten Klopfen wurde von innen die

Klinke heruntergedrückt. Vor ihnen stand der Direktor in einem Bademantel. »Was zum Teufel ist hier so früh los?« Dann erkannte er die drei Detektive und senkte die Stimme. »Ach, ihr seid es. Habt ihr etwas herausgefunden? Wartet, kommt in mein Wohnwagenbüro. Nicht, dass wir beobachtet werden.«

Kurz darauf standen die drei Detektive im Büro des Direktors. An den Wänden des kleinen Raumes hingen viele Zeichnungen von der Aqua-Show. Neugierig betrachtete Justus die Bilder. Es waren auch ein paar sehr alte Fotos darunter. Mr Lord setzte sich in seinen großen Schreibtischsessel. »Nun sagt schon! Gibt es Neuigkeiten?«

Bob übernahm das Wort. »Und was für welche! Wir wissen jetzt, dass es sich um Sabotage handelt. Jemand hat vor wenigen Minuten das Ventil der versteckten Pressluftflasche geöffnet und sie entleert. Genau wie gestern. Und wir haben den Täter gefangen.«

Der Direktor riss die Augen auf und schlug mit der Faust auf den Tisch. »Ihr habt *was*? Das darf doch nicht wahr sein. Wo steckt der Verräter? Der soll mich kennenlernen. Endlich hat der Spuk ein Ende.«

»Im Toilettenwagen. Aber keine Sorge, er kann nicht entwischen. Wir haben die Tür gesichert.«

Außer sich vor Wut ballte der Direktor die Faust. »Los, kommt mit! Die Ratte will ich mir ansehen.«

Familiengeheimnis

Als die drei ??? zusammen mit Mr Lord das Büro verließen, war immer noch niemand auf dem Gelände zu sehen. Zielstrebig steuerte die kleine Gruppe auf den Toilettenwagen zu. Ohne weiter nachzudenken, riss der Direktor die Eisenstange weg und rüttelte an der Tür. Sie war von innen verschlossen. »Aufmachen! Sofort aufmachen! Wir wissen, dass Sie da drin sind!«

Plötzlich öffnete sich die Tür eines der Wohnmobile. Dieses stand nur wenige Meter neben dem Toilettenwagen. Camilla trat heraus. Auch sie war nur mit einem Bademantel bekleidet. »Was schreien Sie hier herum?«, rief sie mit greller Stimme. »Sind denn hier alle verrückt geworden?«

Der Direktor schrie sie genauso wütend an. »Verrückt? Ich habe langsam das Gefühl, dass ich hier der einzige Normale bin. Ich bin geradezu umzingelt von Verrückten. Aber gleich wird es einen weniger davon geben.« Mit diesen Worten griff er die Eisenstange und schlug mit voller Kraft gegen das Türschloss.

Camilla hob entsetzt die Arme und rannte auf ihn zu. »Was in aller Welt machen Sie denn da?« Aber sie konnte den Direktor nicht aufhalten. Immer wieder schlug dieser wie besessen gegen das Schloss. Der Lärm hatte jetzt noch jemanden aufgeweckt. Helen tauchte plötzlich vor dem Wohnmobil auf. »Was ist los?«, rief sie irritiert. »Braucht jemand Hilfe?« Niemand konnte ihr so schnell eine Antwort geben. Nicht einmal Justus Jonas.

Mr Lord schien sie gar nicht bemerkt zu haben. Unaufhörlich ließ er die Eisenstange gegen das Schloss krachen. Schließlich sprang die Tür auf. Dahinter stand, immer noch in Taucheranzug und Maske, der Saboteur aus dem Aquarium.

»Hab ich dich!«, triumphierte Mr Lord. »Dann wollen wir doch mal sehen, welcher Ganove sich hinter der Maske verbirgt.« Der Täter leistete keinen Widerstand und ließ sich die Tauchermaske vom Kopf ziehen.

Mit dem, was dann geschah, hatte niemand gerechnet: Unter der Maske kam Kira zum Vorschein, die zweite Meerjungfrau. Für einen Moment war es totenstill. Regungslos stand die junge Frau in der Tür und senkte ihren Blick. Camilla fand als Erste die Sprache wieder. »Kira? Was … was geht hier vor?«, stotterte sie. Mr Lord ließ die Eisenstange fallen. »Aber wieso? Kira? Ich verstehe nicht. *Du* steckst hinter den Anschlägen?« Helen hielt sich entsetzt die Hand vor den Mund.

Jetzt brach Kira ihr Schweigen. »Nein … ja … ich habe nur … Es ist wegen Helen. Immer ist sie die

Tolle und Schöne und Gute. Immer nur sie! Egal welche Show wir aufführen, ich muss immer die Böse spielen. Und darum habe ich bei der Pressluftflasche … Oh, was hab ich getan …« Weiter kam sie nicht, denn Tränen erstickten ihre Stimme.

Justus mischte sich nun ein. »Ich denke, Sie sollten die Polizei informieren, Mr Lord. In Rocky Beach kennen wir Kommissar Reynolds und …«

Der Direktor unterbrach ihn barsch. »Nein, das bekommen wir allein geregelt. Dafür brauchen wir keine Polizei.«

Bob sah den Direktor verwundert an. »Aber Sie haben doch selbst gesagt, dass …«

»Nein heißt nein! Keine Polizei. Los, mitkommen in mein Büro!«

Ohne Widerworte folgten ihm alle. Auch Kira, die nicht aufhörte zu weinen. Camilla legte ihren Arm um sie.

Peter ging dicht neben Justus. »Verstehst du, was hier vorgeht? Warum wird die Polizei nicht gerufen?«

Unaufhörlich knetete Justus Jonas seine Unterlippe. »Ich weiß es nicht. Aber mein Gefühl sagt mir, dass wir es gleich erfahren werden.«

Einer nach dem anderen trat jetzt ins Büro des Direktors. Mr Lord nahm erneut Platz in seinem Sessel. Kira, Helen und Camilla setzten sich ihm gegenüber auf ein schmales Sofa. Die drei ??? standen etwas abseits vor der Wand mit den vielen Zeichnungen und Bildern. Justus schien hier plötzlich etwas entdeckt zu haben und knetete seine Unterlippe umso heftiger.

Wütend schlug in diesem Moment Mr Lord mit der Faust auf den Tisch. »Verdammt!«, zischte er. »Und das am Tag der Premiere. Aber ich wusste, dass es einmal so weit sein würde. Die Vergangenheit holt einen ein.« Kira und Helen sahen sich irritiert an. Camilla hingegen vergrub ihr Gesicht in den Händen.

Doch gerade als der Direktor mit seiner Ansprache fortfahren wollte, wurde er von Justus unterbrochen. Dieser hielt eines der vielen Fotos in der

Hand. »Mr Lord«, begann er mit fester Stimme. Seine beiden Freunde sahen ihn mit großen Augen an. »Ich glaube, ich weiß, was hier gespielt wird. Durch dieses Foto wurde mir alles klar. Es zeigt zwei kleine Mädchen beim Spielen in einer Sandkiste. Dahinter sehe ich Hand in Hand einen Mann und eine Frau. Auch wenn das Foto schon recht alt ist: Der Mann sind eindeutig Sie, Mr Lord. Und es gibt keinen Zweifel, dass es sich bei der Frau an Ihrer Seite um Mrs Camilla handelt. Wenn ich mir dann die beiden Mädchen genauer betrachte, habe ich einen Verdacht: Es könnten die beiden Schwestern Kira und Helen sein. Auf dem Foto ist die komplette Familie Lord zu sehen.«

Jetzt war es totenstill im Raum. Nach endlosen Sekunden brach Mr Lord das lange Schweigen. »Ja, jetzt ist es raus. Nach so vielen Jahren des Versteckspiels. Camilla, komm zu mir. Ich glaube, wir müssen etwas beichten.«

Kira und Helen saßen nebeneinander auf dem Sofa und starrten sich ungläubig an. Camilla übernahm nun das Wort. »Ja, eines Tages musste es ja herauskommen. Wir wollten es euch erst sagen, wenn ihr alt genug seid, es zu verstehen. Mr Lord, äh ... ich meine, Marvin und ich, wir waren einst ein Paar. Ja, wir haben uns geliebt. Kira, Helen: Wir sind eure Eltern. Ihr wurdet als Zwillinge geboren.«

Kira riss entsetzt die Augen auf. »Bitte was?«, krächzte sie. Helen schien kurz davor, in Ohnmacht zu fallen. Marvin Lord fuhr fort: »Ja, es ist so, wie eure Mutter sagte. Ein Jahr nach eurer Geburt trennten wir uns. Streit war der Grund. Doch unseren Zwillingen wollten wir ersparen, dass sie schon als Kinder erfahren, dass ihre Eltern sich im Streit getrennt hatten. Darum haben wir uns das alles ausgedacht. Helen blieb bei mir, und Kira wuchs bei Camilla auf.«

Kira sprang jetzt wütend auf. »Dann habt ihr uns die ganzen Jahre nur Lügen aufgetischt? Mutter sagte mir immer, dass mein Vater uns verlassen hätte.« Auch Helen hatte sich erhoben. Tränen strömten ihr übers Gesicht. Sie wandte sich an

ihren Vater. »Und du hast mir auch erzählt, dass meine Mutter nicht bei uns bleiben wollte.«

Marvin Lord nickte und sackte in sich zusammen. Dabei hielt er Camillas Hand fest in seinen Händen. »Ja, Kinder. Das ist die Wahrheit. Die ganze Wahrheit. All die Jahre haben wir dieses Lügenmärchen für euch gespielt. Auf diese Weise wollten wir die Familie zusammenhalten. Ich war für eure Mutter Mr Lord, und sie hieß von da an nur noch Mrs Camilla. Wir wollten es euch schon viel früher sagen. Jetzt ist es raus.« Alle brachen in Tränen aus und fielen sich weinend in die Arme.

Bob stupste seine beiden Freunde an. »Ich glaube, wir lassen die Familie jetzt besser allein.«

Fassungslos standen die drei ??? wenig später vor dem Wohnwagen. Peter atmete durch. »Jetzt ist auch klar, warum die Polizei nicht gerufen werden sollte. Es liegt nun an den vieren, was sie daraus machen. Für uns zumindest ist der Fall erledigt.« Justus war sich da nicht so sicher. »Ich weiß nicht«, grübelte er. »Das mit der Pressluftflasche hat Kira zugegeben. Sie wollte Helen bei der Show in einem schlechten Licht erscheinen lassen. Aber denkt an die anderen Pannen! Die zerstörte Wasserpumpe. Der Kurzschluss in der Lichtanlage. Das Feuer am Lastwagen. Wäre sie dazu imstande gewesen? Und warum hätte sie das machen sollen? Welches Motiv hätte sie?«

»Das stimmt«, dachte Bob laut nach. »Wenn die Show dadurch ausfallen würde, dann hätte sie auch sich selbst geschadet. Aber das bedeutet ...«

»... dass es einen weiteren Saboteur gibt«, fuhr Justus fort. »Der Fall ist noch längst nicht abgeschlossen. Wir werden weiterhin die Augen offen halten müssen.«

Erpressung

Mittlerweile belebte sich das Gelände. Überall begannen Handwerker damit, die letzten Arbeiten vor der Premiere zu verrichten. Plötzlich öffnete sich die Tür des Büros, und Mr Lord trat heraus.

Mit schnellen Schritten ging er auf die ??? zu.

»Jungs, ich bin euch zu Dank verpflichtet. Auch wenn es jetzt für die beiden Mädchen ein Schock ist, dieser Schritt war längst überfällig. Doch es gibt noch eine Sache, die ich euch sagen muss.« Bob sah ihn mit großen Augen an. »Etwa noch mehr verborgene Familiengeheimnisse?« Der Direktor blickte sich nervös um. »Nein, mit meiner Familie hat das nichts zu tun.« Dann überreichte er Justus einen zusammengefalteten Zettel. »Das ist ein Erpresserschreiben. Darin fordert jemand viel Geld von mir. Er droht damit, dass die Aqua-Show in einer Katastrophe enden wird, wenn ich nicht zahle. Ich hätte euch den Brief schon viel früher zeigen sollen. Als ihr vorhin sagtet, dass ihr den Täter dingfest gemacht habt, hatte ich mich schon gefreut, dass der Spuk ein Ende hat. Aber alles kam anders als gedacht. Immer noch läuft der Erpresser frei herum.«

Justus Jonas faltete den Zettel auseinander. Er war mit ausgeschnittenen bunten Buchstaben beklebt. In der Mitte stand eine Zahl. »Der Erpresser verlangt *eine Million Dollar*?«

Der Direktor nickte. »Ja, so ist es. Doch ich habe nicht so viel Geld. Im Gegenteil: Ich bin durch die neue Show hoch verschuldet. Und die Jacht, die dort draußen vor Anker liegt, ist auch nur geliehen.«

Justus gab ihm das Erpresserschreiben zurück. »Sie müssen damit zur Polizei gehen. Das hätten Sie von Anfang an tun sollen.«

»Ja, ich weiß«, stöhnte Mr Lord. »Ich wollte nicht, dass die Presse davon erfährt. Die Reporter der Zeitungen bekommen doch alles mit. Bei der Polizei bleibt nichts geheim. Was wäre, wenn die Erpressergeschichte an die Öffentlichkeit gelangt wäre? Und das so kurz vor der Premiere! Die Besucher wären vor Angst ferngeblieben, und wir hätten das Musical ohne Publikum aufgeführt. Das wäre mein Ruin gewesen. All mein Geld steckt in dieser Show. Aber es nützt nichts: Ich werde jetzt umgehend einen Kommissar informieren. Ihr sagtet doch, ihr hättet gute Kontakte zur Polizei in Rocky Beach?«

Peter nickte. »Ja, wir kennen Kommissar Reynolds schon sehr lange. Sie können sich voll und ganz auf ihn verlassen.« Dass der Kommissar die drei ??? sogar zu seiner geheimen Spezialeinheit ernannt hatte, erzählte Peter lieber nicht. Kaum einer wusste davon. Und das sollte auch so bleiben.

Als Kommissar Reynolds wenig später den Anruf von Mr Lord erhielt, fuhr er sofort los und parkte seinen Dienstwagen auf dem großen Parkplatz an der Steilküste. Leicht verschwitzt schritt er die Steintreppe hinunter zum Sandstrand. Schon von Weitem erkannte er Justus, Peter und Bob. »Ich hätte es mir denken können«, lachte der Polizist. »Immer wenn ich gerufen werde, seid ihr schon an Ort und Stelle. Was ist denn los?«

Nervös führte Mr Lord den Kommissar hinter einen der Wohnwagen. »Danke, dass Sie so schnell gekommen sind. Ich bitte Sie, bei dieser Geschichte äußerst diskret vorzugehen. Es handelt sich um eine Erpressung.«

Kommissar Reynolds wischte sich mit einem geblümten Stofftaschentuch den Schweiß aus dem Gesicht. »Sie werden erpresst?« Mit zittrigen Händen überreichte der Direktor ihm den Zettel. »Ja, es geht um eine Million Dollar. Und der Erpresser hat schon mehrmals zugeschlagen.« Anschließend erzählte er von den Vorkommnissen.

Das Gesicht des Kommissars verdunkelte sich. »Das ist wirklich eine ernste Geschichte. Gut, dass Sie mich gerufen haben. Hat sich der Erpresser noch ein zweites Mal bei Ihnen gemeldet?«

»Nein, bisher gab es nur diesen einen Drohbrief. Was soll ich jetzt tun?«

»Sie unternehmen gar nichts. Das ist Sache der Polizei. Ich werde Spezialisten aus Los Angeles anfordern. Das kann leider eine Weile dauern. So lange verhalten Sie sich ruhig und unternehmen nichts ohne Anweisung. Und das gilt auch für euch, Jungs. Warum seid ihr eigentlich hier?«

Justus entschied, dem Kommissar nur die Hälfte der Wahrheit zu erzählen. »Wir drei arbeiten für Mr Lord als Komparsen. Es ist ein Ferienjob.«

»Gut, dann belasst es auch dabei. Ich fahre jetzt zurück aufs Polizeirevier und werde alles Nötige veranlassen.« Mit diesen Worten verabschiedete Reynolds sich und lief eilig die steile Steintreppe hoch zum Parkplatz.

Der Direktor atmete erleichtert durch. »Jetzt fühle ich mich besser. Vielleicht löst sich die ganze Geschichte ja auch in Luft auf, und der Erpresser lässt von seinem Vorhaben ab.« Wieder einmal knetete Justus seine Unterlippe. »Das wäre das Beste. Doch so ganz will ich daran nicht glauben.«

»Wir werden sehen. Aber nun ist es Zeit für die Generalprobe. Ich kann nur hoffen, dass diesmal alles glatt läuft.« Dann nahm der Direktor ein Megafon zur Hand. »Achtung! Eine Durchsage an alle! Wir starten in einer halben Stunde mit der Generalprobe. Ich bitte um volle Konzentration.«

Auch die drei ??? mussten sich vorbereiten und gingen zum Zelt mit den Kostümen. Hier hatten sich Helen und Kira schon als Meerjungfrauen verkleidet. Sie lachten jetzt ganz vertraut miteinander wie zwei Schwestern. Mrs Camilla schien wie verwandelt und begrüßte die drei freundlich. »Da sind ja meine lustigen Komparsen. Eure Kostüme hängen dort hinten an den Kleiderhaken. Beeilt euch. Gleich geht es los.«

Kaum hatten sich die drei ??? als Clownfisch, Seepferdchen und Krabbe verkleidet, ertönte auch schon die Eröffnungsmusik. Camilla trieb die beiden Zwillinge an: »Los, los! Ihr müsst ins Wasser!«

Bob grinste. »So oft habe ich noch nie gebadet. Wahrscheinlich wachsen mir bald Schwimmhäute zwischen den Fingern.«

Dann ließen sich alle ins warme Wasser gleiten und zogen im Aquarium ihre Runden. Zum zweiten Mal hörten sie die Musikstücke und sahen die Tanzeinlagen auf der Felsenbühne. Diesmal schien alles gut zu laufen. Zum Schluss sang Helen mit Eric, dem Prinzen, das Duett:

»Und so ist es wunderbar,
wie im Traum bin ich dir nah,
geküsst vom Meer und deinen Lippen,
zusammen wir auf Wellen ritten.
Für immer glücklich bei dir sein,
oh, du mein Herz, nur du allein.«

Peter war bei den ersten Tönen abgetaucht und kam erst am Ende des Gesangs wieder hoch.

»Mann, das klingt ja fürchterlich. Und dann der Text. Mir wird ganz übel. Wer hört denn solche Musik?«

Bob hingegen fand auch diesmal den Gesang nicht schlecht. »Also, mir gefällt's. Ich konnte nur nicht zusehen, als sich die beiden geküsst haben.«

Draußen vor dem Aquarium stand der Direktor und klatschte begeistert in die Hände. »Bravo, bravo, meine Lieben. Das war ganz wunderbar. Wirklich, ganz wunderbar. Die Generalprobe war ein voller Erfolg.«

Justus zuckte zusammen, als er das hörte. »Seltsam«, dachte er laut, »man sagt doch, dass bei einer misslungenen Generalprobe die Premiere gut wird. Wie ist es aber, wenn bei der Generalprobe alles klappt?« Peter und Bob gaben ihm darauf keine Antwort. Doch die drei Detektive hatten eine böse Vorahnung.

Sonderkommando

Nach der Probe gab es am Strand ein großes Grillfest. Es wurden kalte Getränke gereicht, und auf einem riesigen Holzkohlegrill brutzelten Würstchen und Fische. Die ganze Belegschaft der Aqua-Show hatte sich um ein Feuer versammelt. Alle waren gut gelaunt und freuten sich auf die Premiere. Helen stand bei Eric und winkte die drei Freunde zu sich herüber. »Kommt zu uns! Heute ist einer der glücklichsten Tage meines Lebens. Und das habe ich euch zu verdanken.« Eric lächelte Helen an. »Und ich dachte, es liegt an mir?!« Er wusste ja nicht, dass Helen an diesem Tag eine Schwester und eine Mutter geschenkt bekommen hatte.

Bob biss in sein Fischbrötchen. »Das hier wäre für mich auch ein Traumleben. Den ganzen Tag am Strand. Baden, grillen und am Abend ein paar Lieder singen. Wie wird man eigentlich Musical-Star?« Eric grinste. »Na, ganz so leicht ist das Leben als Schauspieler nicht. Die Ausbildung ist lang

und teuer, und niemand garantiert einem, dass man später auch engagiert wird. Viele meiner Kollegen stehen nicht auf der Bühne, sondern fahren Taxi oder müssen sich andere Jobs suchen. Aber wenn man es geschafft hat, dann ist es wirklich ein Traumberuf. Besonders, wenn man mit so einer bezaubernden Partnerin singen darf.«

Helen wurde rot und sah beschämt zur Seite. »Ja, im Musical ist das Leben so schön leicht. Und es gibt immer ein Happy End. Vielleicht wäre ich tatsächlich gern als Meerjungfrau auf die Welt gekommen. Den ganzen Tag tauchen und mit den Fischen spielen.«

Plötzlich stand Mr Lord hinter den drei ???. Er schien sehr nervös zu sein. »Jungs, kommt bitte mit.

Ich muss euch etwas zeigen«, sprach er leise. Helen und Eric bekamen davon nichts mit, denn sie liefen vergnügt Hand in Hand durch die auslaufenden Wellen am Sandstrand.

»Was ist passiert?«, fragte Justus und folgte dem Direktor. »Der Erpresser hat sich wieder gemeldet. Hier, dieser Brief lag auf meinem Schreibtisch im Büro.« Bob las die Zeilen vor, die wieder aus ausgeschnittenen Buchstaben geklebt waren.

»*Sie haben sich nicht an meine Anweisungen gehalten. Ich verlange jetzt zwei Millionen Dollar. Legen Sie das Geld in einem schwarzen Koffer um 14 Uhr neben den Mülleimer auf dem Parkplatz. Und keine Polizei. Das ist mein letztes Wort.*«

Peter schluckte. »Ich glaube, der Erpresser meint es ernst. Was werden Sie unternehmen?«

Der Direktor brauchte nicht zu antworten, denn in diesem Moment kam Kommissar Reynolds die Steintreppe herunter. Ihm folgte ein Mann im schwarzen Anzug und mit dunkler Sonnenbrille.

Mr Lord lief auf die beiden zu. »Da sind Sie ja

endlich, Herr Kommissar.« Anschließend berichtete er von den neuen Vorkommnissen und zeigte das Erpresserschreiben. Sofort wurde es ihm von dem Mann im Anzug aus der Hand genommen. Dieser steckte den Zettel in eine Klarsichttüte. »Wir werden das im Labor untersuchen lassen. Vielleicht finden wir Fingerabdrücke. Mr Lord, das Sonderkommando übernimmt ab sofort.«

»Und wie geht es nun weiter?«, fragte Justus neugierig. Der Mann mit der Sonnenbrille sah auf ihn herab. »Was bist denn du für ein Vogel?«

Kommissar Reynolds legte Justus die Hand auf die Schulter. »Die drei Jungen gehören zu mir. Spezialeinheit. Mehr kann ich dazu nicht sagen.«

Der Mann im Anzug lachte verächtlich. »Soso. Spezialeinheit. Sie haben in Ihrem Dorf aber auch merkwürdige Einfälle. Na, mir soll es egal sein. Hauptsache, die Kinder stören uns nicht bei der Arbeit. Meine Leute haben sich hier überall an strategischen Positionen verteilt. Wenn der Erpresser auftaucht, dann geht er uns ins Netz.«

Peter sah sich in alle Richtungen um. »Ich sehe hier aber niemanden.«

»Natürlich nicht, Junge«, sagte der Mann leicht ungehalten. »Das sind Profis in Sachen Tarnung. Die wären selbst in der Wüste unsichtbar.« Dann wandte er sich an Mr Lord. »Hören Sie: Wir werden dem Erpresser eine Falle stellen. Dafür müssen Sie ihm um Punkt 14 Uhr das Geld in einem Koffer übergeben.«

Der Direktor sah ihn verwundert an. »Zwei Millionen Dollar? Ich habe keine zwei Millionen. Woher soll ich die nehmen?«

Der Mann im schwarzen Anzug schnippte mit den Fingern, und wie aus dem Nichts tauchte ein weiterer Mann auf. Er trug sandfarbene Kleidung und hielt einen großen Koffer in der Hand.

»Du meine Güte!«, staunte Kommissar Reynolds. »Sind da etwa zwei Millionen Dollar drin.« Der Mann mit der Sonnenbrille sah ihn mitleidig an. »Natürlich nicht. Es sind gebündelte Papierstapel. Wir wollen den Erpresser ja nicht reich machen, sondern ihm eine Falle stellen. So, viel Zeit bleibt uns nicht mehr. Mr Lord, nehmen Sie den Koffer und stellen Sie ihn um exakt 14 Uhr oben auf dem Parkplatz neben die Mülltonne.« Dann sprach er in ein kleines Ansteckmikrofon an seinem Hemdkragen. »*Operation Sandwurm* kann beginnen. Alle halten sich bereit für den Zugriff. Ab jetzt herrscht absolute Funkstille.« Anschließend wandte er sich an Kommissar Reynolds. »Kommen Sie mit! Wir gehen zurück zum Observierungs-Mobil auf dem Parkplatz. Von dort können wir alles beobachten.«

Der Kommissar bemerkte die Blicke der drei ???. »Ihr könnt mitkommen, Jungs. Vielleicht brauchen wir eure Hilfe, wenn der Erpresser auftaucht.« Der Mann im schwarzen Anzug war einverstanden. »Gut. Möglicherweise ist der Erpresser ja einer der Angestellten von Mr Lord, und ihr kennt hier ja jeden. Aber verhaltet euch absolut ruhig!«

Schnellen Schrittes liefen alle die Steintreppe nach oben zum Parkplatz. Dort standen nur wenige Fahrzeuge. Eines davon befand sich etwas abseits. Es war ein schwarzer Lieferwagen mit dunkel getönten Scheiben. »Das ist also das Observierungs-Mobil«, staunte Peter.

Der Kommissar nickte. »Warte erst einmal ab, wie es innen aussieht.«

Nacheinander betraten sie den Lieferwagen durch eine seitliche Schiebetür. Das Innere war vollgestellt mit allen möglichen technischen Geräten. An den Wänden hingen Monitore, auf denen Überwachungsbilder des Parkplatzes zu sehen waren. Ein Monitor zeigte eine Nahaufnahme des Mülleimers. Der Mann im schwarzen Anzug nahm seine Sonnenbrille ab. »Mein Name ist übrigens Miller. Jack Miller. Mehr braucht ihr über mich nicht zu wissen. Bitte fasst nichts an und setzt euch einfach dort vorn in die Ecke. Dies ist ein Standard-Observierungs-Mobil vom Typ K53. Es wird zur Überwachung bei schweren Gewalttaten und Geiselnahmen eingesetzt. Oder, wie in diesem Fall, bei Erpressungen.« Miller setzte sich einen

Kopfhörer auf und ging zu einem bärtigen Mann am Ende des Wagens. Dieser trug ebenfalls Kopfhörer und bediente mehrere kleine Regler und Hebel. »Miller, hat sich beim Mülleimer schon was getan?« Der Bärtige schüttelte den Kopf. »Nein, alles ist bisher ruhig. Unsere Leute haben sich positioniert für den Zugriff. Wir warten darauf, dass der Koffer beim Mülleimer abgestellt wird.«

Justus Jonas hatte sich nicht hingesetzt und sprach den Bärtigen an. »Sie heißen auch Miller?« Dieser nickte, ohne ihn anzublicken. »Ja, wir heißen hier alle Miller.«

Operation Sandwurm

Gebannt blickten alle auf den Monitor mit dem Mülleimer. Plötzlich erschien Mr Lord auf dem Bildschirm. In der Hand trug er einen großen schwarzen Lederkoffer. Immer wieder sah er sich nervös um. Schließlich stellte der Direktor den Koffer ab und verließ den Ort schnellen Schrittes.

Jack Miller setzte seine Sonnenbrille auf. »Achtung an alle: Das Vögelchen hat das Päckchen abgelegt. *Operation Sandwurm* geht in Phase zwei.« Kommissar Reynolds wischte sich wieder mit seinem geblümten Taschentuch die Stirn ab. »Es ist genau 14 Uhr. Jetzt wird's spannend.«

Die nächsten Minuten geschah nichts. Alle schwiegen und warteten. Der Bärtige nahm einen letzten Schluck Kaffee aus seinem Pappbecher, zerdrückte diesen mit der Hand und warf ihn in einen Papierkorb. »Okay, wollen wir mal sehen, ob jemand auf den Köder anbeißt.« Dann deutete er auf einen Bildschirm. »He! Da tut sich was.«

Kommissar Reynolds ging näher auf den Monitor zu. »Tatsächlich. Da kommt ein schwarzer Pick-up angefahren. Wenn es der Erpresser ist, dann haben wir ihn. Ich bin froh, wenn der Fall erledigt ist. Das wird ein langer Bericht, den ich schreiben muss.«

Der schwarze Pick-up hielt unweit des Mülleimers.

Dann öffnete sich die Tür, und ein kleiner Mann stieg aus. Bob sprang von seinem Stuhl auf. »Den kenne ich! Das ist Billy Hancock.«

Jack Miller drehte sich zu ihm um. »Du kennst den Typen?«, fragte er neugierig.

»Ja, es ist der Techniker, der für Mr Lord gearbeitet hat. Gestern wurde er entlassen.«

Der Kommissar steckte zufrieden sein Taschentuch ein. »Na bitte, dann haben wir ja das Motiv für die Erpressung. Billy Hancock will sich an seinem Chef rächen.«

Der kleine Mann hatte in der Zwischenzeit die Autotür abgeschlossen und ging über den Parkplatz. Seinen Weg konnte man über die verschiedenen Monitore gut überblicken. Plötzlich blieb sein Blick am Mülleimer haften. Zielstrebig ging er darauf zu. Der Bärtige ballte die Faust. »Ja! So ist es gut. Lauf schön in unsere Falle.«

Billy Hancock stand nun direkt vor dem schwarzen Koffer. Ein paarmal blickte er sich um, dann nahm er den Koffer und legte ihn oben auf den Mülleimer. Jack Miller schnappte sich ein Mikrofon. »Achtung an alle: Der Vogel hat den Wurm geschluckt. Zugriff. Ich wiederhole: Zugriff. Schnappt euch den Kerl!«

Sekunden später tauchten auf verschiedenen Monitoren Personen auf. Sie waren so gut getarnt, dass man sie vorher unmöglich hätte entdecken können. Einer hatte sich unter einem Berg Laub versteckt. Ein anderer sprang von einem Baum. Alle hatten Tarnfarbe im Gesicht und trugen unauffällige Kleidung. Durch die Wände des Observierungs-Mobils konnte man ihre Stimmen hören. »Halt!« – »Runter auf den Boden!«

Billy Hancock hatte gerade den Koffer geöffnet und zuckte vor Schreck zusammen. Dabei ließ er den Koffer fallen, und der Wind trieb unzählige kleine Papierzettel durch die Luft. Als er die getarnten Beamten des Einsatzkommandos auf sich zurennen sah, riss er panisch die Hände in die Luft. Dann ging alles sehr schnell: Einer der Männer warf ihn zu Boden, ein anderer legte ihm Handschellen an. Jack Miller war sichtlich zufrieden. »Sehr gut, Männer. *Operation Sandwurm* ist beendet. Das Vögelchen liegt sicher verpackt auf Eis. Wir kommen jetzt raus.« Mit diesen Worten schob er die Tür des Observierungs-Mobils auf und trat nach draußen. Kommissar Reynolds und die drei ??? folgten ihm aufgeregt.

Billy Hancock wurde in der Zwischenzeit auf die Beine gestellt. Ein Mann hielt ihm mit eisernem Griff die Hände auf dem Rücken fest. Der kleine Techniker verzog schmerzhaft das Gesicht. »Au! Sie tun mir weh. Was wollen Sie von mir? Wer sind Sie?« Jack Miller stand nun vor ihm. »Hancock,

P
POLICE
POLICE

leugnen hat keinen Zweck. Alles spricht gegen Sie.« Kommissar Reynolds mischte sich jetzt ein. »Geben Sie es zu: Sie sind der Erpresser. Sie stecken hinter der Sabotage. Zum Glück hat die Sache nun ein Ende.«

Billy Hancock riss verwundert die Augen auf. »Wovon reden Sie? Was geht hier vor? Ich verstehe gar nichts.«

Jack Miller klopfte ihm auf die Schulter. »Ja, ja, immer das gleiche Spiel. Alle versuchen, sich herauszureden. Aber das wird Ihnen nichts nützen. Im Knast haben Sie viel Zeit, über Ihre Straftaten nachzudenken. So, damit ist die Operation beendet. Kommissar Reynolds, der Kerl gehört Ihnen. Wir ziehen uns zurück. Auf uns wartet schon der nächste Einsatz. In einer Bank in Los Angeles hat sich ein schwer bewaffneter Gangster verschanzt. Dagegen war das hier ein Kinderspiel.« Wenig später stiegen Miller und seine Männer in das Observierungs-Mobil und fuhren mit quietschenden Reifen davon.

Kommissar Reynolds hatte den kleinen Techniker am Kragen gepackt. »Danke, Jungs. Mit eurer Hilfe wissen wir jetzt, um wen es sich handelt. Der Fall ist abgeschlossen. Ich werde gleich per Funk einen Kollegen aus dem Revier in Rocky Beach anfordern. Die sollen uns hier abholen. Den Erpresser stecken wir in eine unserer Zellen. Später wird der Ganove dann ins Staatsgefängnis überführt.«

Billy Hancock versuchte, sich von den Handschellen zu befreien. »Ich weiß gar nicht, wovon Sie sprechen! Mit einer Erpressung habe ich nichts zu tun. Ich wollte nur noch ein paar Sachen aus meinem Wohnwagen holen, die ich vergessen habe. Dann habe ich am Mülleimer diesen Koffer entdeckt. Ich wollte einfach wissen, was drin ist und wem er gehört. Wieso glaubt mir hier niemand?«

Wenig später rollte ein Polizeiwagen auf den Parkplatz, und der Kommissar schob den kleinen Mann mit dem Kopf voran auf den Rücksitz. »Vorsicht, nicht stoßen, Bursche! Jetzt kommst du hinter Schloss und Riegel. Verbrechen lohnen sich

eben nicht. Und ganz bestimmt nicht in Rocky Beach. Denn hier hab *ich* das Sagen und bin der Chef.« Dann wandte er sich an die drei ???. »Und von euch brauche ich noch eine Aussage, die ihr morgen auf dem Polizeirevier zu Protokoll geben müsst. Bitte sagt das auch Mr Lord, wenn ihr ihn seht. Und noch einmal: Danke. Auf meine Spezialeinheit kann ich mich eben verlassen.«

Wenig später standen die drei Freunde allein auf dem Parkplatz. Peter schüttelte den Kopf. »Ich kann nicht fassen, dass Billy Hancock dahintersteckt. Was wohl mein Vater sagt, wenn ich ihm das erzähle?« Bob putzte am T-Shirt seine Brille sauber. »Ich will es auch noch nicht so recht glauben. Auf der anderen Seite hat Hancock sich sehr schwer belastet. Er ist zielstrebig auf den Koffer zugelaufen und hat ihn geöffnet. Was sagst du dazu, Just?«

»Das mit dem Koffer spricht auf jeden Fall gegen ihn. Aber etwas passt nicht zusammen: Denkt an die Dinge, die auf dem Gelände der Aqua-Show geschehen sind: die kaputte Wasserpumpe, der Kurzschluss in der Lichtanlage und das Feuer bei den Lastwagen. All dies geschah *vor* seiner Entlassung. Selbst die Sabotage bei der Pressluftflasche. Und das war, wie wir ja wissen, Kira. Wir selbst haben sie dabei erwischt. Für mich ist der Fall noch längst nicht geklärt.«

In diesem Moment kam Mr Lord aufgeregt auf die drei Detektive zugelaufen. »Und? Wie ist es gelaufen? Wurde der Gangster geschnappt?«

Mit wenigen Worten berichteten die drei ???, was sich in den letzten Minuten zugetragen hat. Der Direktor war sichtlich erleichtert. »Dann hat der Spuk endlich ein Ende. Ihr ahnt gar nicht, wie froh ich darüber bin. Nun kann die Premiere der Show starten. Endlich wird es keine Pannen mehr geben. Los, kommt mit! Die ersten Zuschauer werden bald eintreffen. Auch ihr müsst euch umziehen. Ihr seid doch weiterhin als meine Komparsen dabei, oder?«

Bob grinste. »Na klar. So einen coolen Job gibt man nicht so einfach auf.«

Notentleerung

In der sandigen Bucht lief der Betrieb auf Hochtouren. Alle rannten geschäftig umher, und die letzten Vorbereitungen für die große Show wurden getroffen. Ein Mitarbeiter wischte Stühle und Bänke für die Zuschauer ab, und an der Treppe zum Parkplatz postierten sich Kartenabreißer in Tintenfischkostümen.

Im Zelt wurden Justus, Peter und Bob schon von Mrs Camilla erwartet. »Da seid ihr ja endlich«, rief sie ihnen entgegen. »Ich dachte schon, ihr kommt nicht mehr. Was war denn los? Mr Lord, äh … ich meine, Marvin rannte nervös hin und her und verschwand plötzlich mit einem schwarzen Koffer. Ist irgendwas passiert?« Sie hatte anscheinend keine Ahnung von den Vorkommnissen und dem Polizeieinsatz. Justus beließ es auch dabei. »Wir wissen auch nichts Genaues«, antwortete er. Und damit hatte er nicht einmal gelogen. Im Hintergrund hörte man jetzt die Stimmen von Helen und Eric. Sie probten ein letztes Mal vor der Premiere ihr Duett.

Kurz darauf verließen die drei in ihren Verkleidungen das Zelt. Von hier aus konnten sie das Gelände gut überblicken. Viele Zuschauer hatten schon Platz genommen. Justus entdeckte in weiter Entfernung seine Tante. »Die wird sich wundern, wenn sie mich in dem Clownfisch-Kostüm sieht. Zum Glück erkennt man mich nicht sofort. Dann wird Onkel Titus auch bald mit der *Mathilda* eintreffen.« Peter zeigte auf den Strand.

»Ja, dahinten ist er. Er zieht gerade das Angelboot an Land. Auch keine schlechte Art, ein Musical zu besuchen.« Als Onkel Titus seine Frau entdeckte, winkte er ihr zu, und die beiden setzten sich in die erste Reihe.

Wenig später ertönte die Eröffnungsmusik, und alle Darsteller versammelten sich hinter dem schwarzen Vorhang. Von draußen war die Stimme des Direktors zu hören. »Meine Damen und Herren, hochverehrtes Publikum. Ich bin stolz, froh und glücklich, Ihnen heute die Premiere unseres Musicals präsentieren zu dürfen. Ich lade Sie ein zu einer fantastischen Reise in die Unterwasserwelt. Viel Vergnügen mit *GEHEIMNIS IM MEER*.«

Blauer Nebel stieg jetzt mit vielen Luftblasen vom Grund des Aquariums auf, und das Publikum applaudierte. Helen hatte als Meerjungfrau ihren ersten Auftritt. Dann nahm die Show ihren Lauf.

Als Eric kurz darauf ins Wasser tauchte, hob er in Richtung der drei ??? den Daumen. »Wird schon alles gut gehen, Freunde. Toi, toi, toi.« Bob verzog sein Gesicht. »Ich kann dieses Toi, toi, toi bald nicht mehr hören.« Peter klärte ihn auf. »Das sagt man immer vor Aufführungen. Niemand darf sagen: Viel Glück. Denn das soll Unglück bringen.«

Dann mussten auch die drei Freunde ins Wasser steigen. Dicht nebeneinander zogen sie ihre Runden. Justus warf einen kurzen Blick zu Tante Mathilda und Onkel Titus. Zum Glück schienen sie weder ihn noch seine Freunde zu erkennen. Auch viele andere bekannte Gesichter aus Rocky Beach waren im Publikum zu sehen: Mr Porter, der Gemischtwarenhändler, Giovanni, der Eisverkäufer, und sogar Skinny Norris, der Erzfeind der drei ???.

Nach einer Stunde erreichte das Musical seinen Höhepunkt. Mit lauten Kanonenschüssen feuerte der Pirat krachend Salven von seinem Schiff. Rauch stieg in die Luft. Immer wieder tauchte Helen als Meerjungfrau ab

und atmete Luft aus der verstecken Pressluftflasche ein. Peter war erleichtert. »Wenigstens funktioniert das heute«, flüsterte er. Kurz vor Schluss sangen Helen und Eric dann ihr Duett. Dafür standen beide auf dem kleinen Felsen, der in der Mitte des Aquariums aufragte. Das Publikum bedankte sich mit einem donnernden Applaus.

Plötzlich gab es einen lauten Knall, und die drei drehten sich zum Piratenschiff um. Doch das Geräusch kam nicht von dort, sondern von der anderen Seite, die dem Meer zugewandt war.

Justus zuckte zusammen und wischte sich das Wasser aus den Augen. »Freunde, das gehört nicht zur Show.« Dem Knall folgte ein Knacken, und im Wasser spürte man eine seltsame Vibration. Dann machte Peter eine Entdeckung. »Da! Seht doch! Die eine Kunststoffscheibe zum Meer hin bewegt sich. Ja, sie wird zur Seite gedrückt. Verdammt! Jetzt weiß ich, was das für ein Geräusch war: Das System der Notentleerung wurde ausgelöst. Billy Hancock hat uns doch davon erzählt!«

Dann hatten sie Gewissheit. Die gelöste Scheibe wurde vom Wasserdruck sprichwörtlich weggesprengt. Nun gab es kein Halten mehr für die Wassermassen. Wie bei einer geplatzten Wasserbombe ergoss sich der Inhalt wie ein Sturzbach über den Strand. Panisch sprangen die Zuschauer dahinter von ihren Stühlen auf und brachten sich in Sicherheit. Mit einem brodelnden Donnern schoss das Wasser in Richtung Meer und riss alles mit sich, was sich in den Weg stellte. Auch die drei ??? spürten den Sog, der sie aus dem Becken trieb. Wie kleine Korken tanzten sie auf der reißenden Flut und wurden mitsamt den vielen Fischen hinausgetrieben. Um sie herum schäumte es wie in einem Wasserfall. Lange Zeit wussten sie nicht, wo oben und unten war.

Erst allmählich beruhigte sich das brodelnde Wasser. Die drei fanden sich gut fünfzig Meter weit draußen im offenen Meer. Bob klammerte sich an einer im Wasser treibenden Holzbank fest. »Alles okay bei euch?«, rief er atemlos. Peter kam

auf ihn zugeschwommen und hatte Justus im Schlepptau. »Alles okay. Mann, war das ein Ritt. Schlimmer als in jeder Wasserrutsche, die ich bisher erlebt habe.« Bob musste fast lachen. »Das möchte ich aber auch nur einmal erleben.«

Dann blickte er zum Ufer. Das Aquarium war völlig entleert. Das Publikum war fassungslos, und viele Leute rannten wild durcheinander. Immer noch standen Helen und Eric dicht nebeneinander auf dem Felsen in der Mitte.

Mittlerweile hatte Mr Lord die drei ??? entdeckt. Aufgeregt winkte er zu ihnen herüber. »Hört ihr mich?«, schrie er, so laut er konnte. »Ist euch was passiert?« Peter hob den Daumen. »Nein, alles in Ordnung. Wir kommen jetzt zurück.«

An Land reichte ihnen Camilla große Handtücher. Die Kostüme hatten sie längst ausgezogen. Mitarbeiter drängten das Publikum zurück zur Steintreppe. Bob wischte sich mit dem Handtuch seine Brille trocken. »Jemand muss die Notentleerung ausgelöst haben. Billy Hancock hat uns erzählt, dass es so etwas gibt.« Mr Lord raufte sich die Haare. »Ja, so muss es gewesen sein. Ich bin so froh, dass euch nichts geschehen ist. Aber für mich ist es der endgültige Ruin. Ich weiß jetzt, dass Billy Hancock unschuldig ist und der wahre Erpresser noch frei herumläuft.«

Justus sah ihn an. »Was macht Sie da so sicher?«

»Weil ich *wieder* einen Erpresserbrief erhalten habe.« Mit diesen Worten zog der Direktor einen kleinen Zettel aus seiner Hosentasche. »Hier: Das habe ich eben auf meinem Schreibtisch gefunden. Wahrscheinlich lag der Zettel schon länger da.« Bob entzifferte die ausgeschnittenen Buchstaben. *»Sie haben meinen Anweisungen nicht Folge geleistet und die Polizei hinzugezogen. Dafür werden Sie nun bestraft. Das ist mein letztes Wort.«* Der Direktor nahm Bob den Zettel wieder ab. »Ich habe alles verkehrt gemacht. Niemals werde ich herausfinden, wer hinter alldem steckt.«

Mittlerweile waren auch Helen und Eric von dem Felsen gestiegen und rannten zu ihnen hin.

Den Fischschwanz hatte Helen zuvor abgelegt. »Papa, was ist passiert?«, rief sie. Als die drei ??? von der Sabotage mit der Notentleerung berichteten, schleuderte Eric seine goldene Prinzenkrone auf den Boden. »So eine Schweinerei! Wer macht denn so etwas? Wenn ich den erwische ...« Als er die Krone wieder aufheben wollte, fiel ihm etwas Kleines aus der Tasche. Schnell wollte er es wegstecken, doch Justus kam ihm zuvor. »Moment, was ist denn das? Das interessiert mich.« Auch Peter hatte den Gegenstand entdeckt und schnappte sich diesen blitzschnell, bevor Eric zugreifen konnte. »Sieh mal an, eine Funkfernbedienung. Mir kommt da gerade ein Verdacht.« Entschlossen drückte er auf den einzigen Knopf des Gerätes.

In diesem Moment hörte man am Aquarium ein lautes Klicken. Es kam genau von der Stelle, wo zuvor das Glaselement zur Seite geschoben worden war. Peter drückte noch einmal auf den Knopf, und abermals erklang das Geräusch. »Der

Fall ist klar: Diese Fernbedienung startet den Mechanismus, der die Notentleerung des Aquariums ausgelöst hat.«

Falsche Prinzen

Der Direktor sah Eric mit großen Augen an. »Was? Das darf doch nicht … das darf doch nicht wahr sein …« Weiter kam er nicht, denn Eric wusste, dass er enttarnt war. Blitzschnell packte er Helen am Arm. »Dann ist es eben raus. Kann mir auch egal sein. Aber so leicht lasse ich mich nicht ins Gefängnis stecken.«

Mr Lord fand die Sprache wieder. »Dann bist *du* der Erpresser? Aber wieso?«

»Wieso? Das kann ich Ihnen erklären. Sie schaufeln mit den Shows jede Menge Kohle, und die ganze Arbeit verrichten wir Schauspieler. Allein schon, wenn ich Ihre fette Jacht sehe! Die muss Millionen wert sein. Ein paar Millionen mehr oder weniger tun Ihnen doch nicht weh. Und hätten Sie die Polizei nicht gerufen und brav gezahlt, dann wäre all das nicht geschehen.«

Helen versuchte vergeblich, sich aus Erics hartem Griff zu befreien. »*Du* steckst hinter der Sabotage? Ich kann es nicht fassen. Du bist ein Erpresser?«

Eric packte noch härter zu. »Hör auf zu jammern, blöde Kuh! Du bist doch genauso wie dein Vater. So, und jetzt machen wir einen kleinen Ausflug. Wir nehmen euer Schlauchboot und fahren damit zur Jacht. Und wehe, einer versucht, mich aufzuhalten, dann geht es der kleinen Meerjungfrau hier schlecht. Ich hoffe, ihr versteht, was ich meine.«

Marvin Lord rang nach Luft. »Nein, nein! Ich mache alles, was Sie verlangen. Tun Sie meiner Tochter nichts an!«

»Sehr gut. Ich sehe, Sie haben verstanden. Und ihr drei Blödmänner rührt euch nicht von der Stelle! Ich meine es ernst. Ich werde jetzt mit der Jacht verschwinden.«

Rückwärtsgehend bewegte sich Eric auf das Schlauchboot zu. Peter zuckte und wollte losrennen, doch er wurde von Mr Lord zurückgehalten. »Nein, tut nichts, was meine Tochter in Gefahr bringt.« Blitzschnell schob der Erpresser das Schlauchboot des Direktors ins Wasser und warf den Außenbordmotor an. Dann nahm er Kurs auf die Jacht. Mr Lord war kreidebleich. »Ich muss sofort in mein Büro und die Polizei informieren. Behaltet hier alles im Auge!«

Immer noch wurde das Publikum von den Mitarbeitern der Show bei der Felsentreppe zurückgehalten. In der Aufregung bekam keiner mit, was sich abspielte. Mittlerweile hatte Eric mit dem Schlauchboot die Jacht erreicht. Die drei ??? konnten erkennen, wie er Helen am Arm über das Deck zog und hinter einer Tür verschwand. Das Schlauchboot ließ er einfach wegtreiben. Justus kniff die Augen zusammen. »Jetzt wird er versuchen, den Motor der Jacht zu starten. Das ist unsere letzte Chance. Wenn wir ihn jetzt nicht stoppen, ist er mit Helen auf und davon. Los, wir nehmen das Angelboot von Onkel Titus. Die *Mathilda* liegt dort hinten am Strand.«

Ohne weiter nachzudenken, rannten die drei

Freunde los. Schnell war das Angelboot ins Wasser geschoben, und mit voller Kraft steuerte Justus in Richtung Jacht. In diesem Moment kam der Direktor wieder an den Strand zurück. »Kommt zurück!«, rief er ihnen entsetzt hinterher. »Kommt zurück!« Doch die drei ??? hörten nicht auf ihn, und Justus gab Gas.

Eine Minute später hatten sie die Jacht erreicht und schalteten den Motor ab. Justus warf Peter ein Seil zu. »Hier, mach uns damit an der Jacht fest!« Peter tat, was er sagte. Doch wohl war ihm bei der ganzen Sache nicht. »Ich kann nur hoffen, dass die Polizei rechtzeitig eintrifft. Wie sollen wir die Jacht aufhalten können?« Genau darüber hatte sich Justus bereits Gedanken gemacht. Er beugte sich nach unten und hob ein altes Fischernetz hoch. »Hiermit«, verkündet er.

Plötzlich hörte man, wie die Motoren der Jacht ansprangen. Am Heck des Schiffes fing das Wasser an zu brodeln. Bob riss die Arme hoch. »Verdammt! Die Schiffsschraube beginnt sich zu drehen. Just, wie ist der Plan?« Jetzt nahm die Jacht Fahrt auf, und das Seil zur *Mathilda* zog sich straff. Justus kletterte mit dem Netz in der Hand an den Bug des Bootes. »Wir werden es hiermit versuchen, Freunde. Eine der größten Gefahren für Schiffe sind im Meer treibende Netze. Diese verfangen sich gerne in der Schiffsschraube und bringen alles zum Stillstand. Es ist unsere einzige Chance, und ich werde sie nutzen.« Mit diesen Worten warf er das Netz ans Heck der Jacht. Sofort wurde es durch die sich drehende Schraube angezogen. Justus sprang wieder nach hinten in das kleine Angelboot. »Achtung! Haltet euch fest! Jetzt kommt es darauf an.«

Das Netz war jetzt vollständig verschwunden,

und seltsame Geräusche waren zu hören. Ein lautes Knirschen und Schleifen. Luftblasen brodelten vom Heck der Jacht nach oben. Immer lauter dröhnten die Motoren. »Eric versucht, Vollgas zu geben«, schrie Justus gegen den Lärm an. Doch es half nichts. Schließlich gab es einen lauten Knall, und die Motorengeräusche erstarben.

Justus riss jubelnd die Hände hoch. »Es hat geklappt! Das Fischernetz hat die Schraube festgesetzt, und der Motor ist ausgegangen. Mit der Flucht ist es vorbei. Wir müssen jetzt nur noch abwarten, bis die Polizei auftaucht.«

Doch zunächst tauchte Eric an Bord auf. Mit rotem Kopf trampelte er wütend auf dem Deck herum und schrie unverständliche Worte. Diesen Moment nutzte Helen und sprang auf der anderen Seite der Jacht mit einem gewagten Kopfsprung ins Meer. Sekunden später tauchte sie direkt vor dem kleinen Angelboot wieder auf. Schnell halfen die drei ??? ihr an Bord. Bob löste gleichzeitig das Seil, und sie entfernten sich von der Jacht. »Wenn

ich euch erwische!«, brüllte Eric ihnen hinterher und schäumte vor Wut.

Helen wischte sich glücklich das Wasser aus den Augen. »Danke. Ihr habt mich gerettet. Eric sagte, dass er nach Mexiko flüchten will. Dort hätte ihn die Polizei niemals geschnappt.« Dann lachte sie erleichtert auf. »Zum Glück kann ich als Meerjungfrau so lange tauchen.«

Bob lachte auch. »Na bitte. Dann geht dieses Märchen ja doch gut aus. Eric wird im Gefängnis landen, und Billy Hancocks Unschuld ist bewiesen. Ende gut, alles gut.«

Helen nickte. »Richtig. Und nicht nur das. Durch euch habe ich meine Familie wiedergefunden. Meine Schwester und meine Mutter. Die Show wird natürlich weitergehen. Wie ich meinen Vater kenne, wird das Musical gleich morgen wiederholt. Ich werde euch ewig dankbar sein.«

Justus zeigte in Richtung Norden. »Ich glaube, jetzt ist der Fall endgültig gelöst. Dort hinten sehe ich ein Schiff von der Küstenwache. Und an Deck kann ich Kommissar Reynolds erkennen. Der soll sich um die Festnahme von Eric, dem Erpresser, kümmern.«

Peter musste lachen. »Ja, und anschließend muss Reynolds mal wieder einen langen Bericht schreiben. Vielleicht sollte er aus dem Fall ein Buch machen. Dann wüsste ich auch schon, wie es heißen müsste: GEHEIMNIS IM MEER.«

Umschlagillustration: Stefani Kampmann, Osterwieck
Innenillustrationen: Kim Schmidt, Dollerup und Harald Juch, Berlin
Umschlaggestaltung: Sigrid Walter, Würzburg
Grundlayout von der Peter Schmidt Group, Hamburg

Unser gesamtes lieferbares Programm und
viele weitere Informationen zu unseren Büchern,
Spielen, Experimentierkästen, Aktivitäten, Autorinnen
und Autoren finden Sie unter **www.kosmos.de**

Dieser Doppelband besteht aus den Bänden
Die drei ??? Kids – Monster-Wolken

Die drei ??? Kids – Geheimnis im Meer

MIX
Papier aus verantwortungsvollen Quellen
FSC® C014138
FSC www.fsc.org

Gedruckt auf chlorfrei gebleichtem Papier

Pfizerstraße 5–7, 70184 Stuttgart

ISBN 978-3-440-17641-2
Produktion: DOPPELPUNKT, Stuttgart
Druck und Bindung: Finidr, s.r.o., Český Těšín
Printed in The Czech Republic / Imprimé en République tchèque

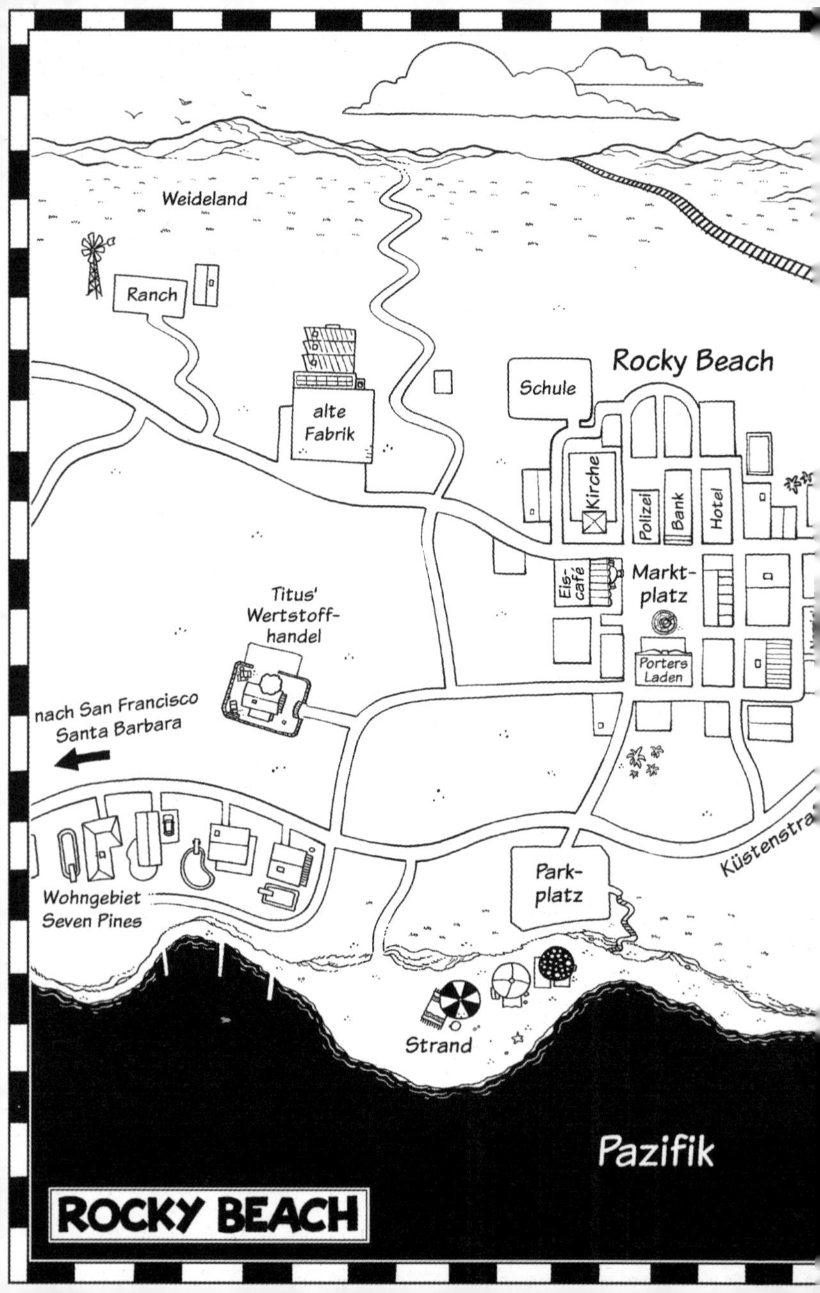
Weideland
Ranch
Rocky Beach
Schule
alte Fabrik
Kirche
Polizei
Bank
Hotel
Eis-café
Markt-platz
Porters Laden
Titus' Wertstoff-handel
nach San Francisco
Santa Barbara
Küstenstra
Park-platz
Wohngebiet Seven Pines
Strand
Pazifik
ROCKY BEACH